今村翔吾

戦国武将伝 西日本編

Sengoku Bushoden Nishi Nihon Hen

PHP

戦国武将伝

西日本編

目次

『戦国武将伝　東日本編』目次

広島県

毛利元就

十五本の矢

一

毛利元就《もうりもとなり》は気鬱《きうつ》な日々を過ごしていた。己《おのれ》はすでに齢《よわい》六十一を数えている。人生五十年などと言うのだから、もうとっくに鬼籍《きせき》に入っていてもおかしくない歳である。

確かに若い頃に比べれば躰《からだ》も衰え、朝夕には節々《ふしぶし》が痛くなるようなこともしばしば。だが幸いにもそれ以外に大きな病《やまい》もなく、まだ暫《しばら》くは生き永らえそうな気がしている。とはいえ、決して楽観出来る歳でないことには変わらない。

――儂《わし》が死ねば毛利はどうなる。

これが元就の心労の最たるものである。

そもそも毛利家は安芸《あき》の国人《こくじん》の家に過ぎなかった。国人の中でも極めて小さな部類に入る。元就はそのような毛利家の次男に生まれた。元来ならば家督《かとく》を相続する身分でもなかったのである。

元就が二十歳《はたち》の時、兄が急死した。その動揺を見計らって近隣の国人たちが攻め寄せてきて、元就は家中が混乱する中、戦《いくさ》に出るはめになった。しかもこれが初陣《ういじん》である。初陣が毛利家存亡の一戦など、悲惨を通り越して滑稽《こっけい》だとすら感じていたものである。

だがこれは毛利家にとっては珍しいことではなかった。長門《ながと》の大内家、出雲《いずも》の尼子《あまご》家という大勢力に挟《はさ》まれ、常に滅亡の危機に晒《さら》されていた。その両者の間を懸命に泳いでいる内に、徐々に領地が広がり今では五か国の太守《たいしゅ》にまでなっている。

世の人は己のことを知恵者などと言うが、謙遜《けんそん》ではなく多分に運に助けられたと本気で考えている。もう一度、同じことをやれと言われても出来る自信など無かった。

幸運があれば不運も巡ってくる。それは毛利家とて例外ではない。そんな時こそ一族が結束してことに当たらねばならない。しかし息子や娘たちは、些細《ささい》なことで諍《いさか》いばかり起こしている。己の目の黒いうちはまだしも、死んでからもこのような状態だと、家はあっと言う間に吹き飛んでしまう。事実、元就はそのような家を幾《いく》つも見て来たし、時にその不和に付け込むようなこともしてきた。

今、元就には六人の息子がいる。嫡男《ちゃくなん》の隆元《たかもと》は齢三十五。決して武将として華がある訳ではないが、温和で実直な男で跡取りには至極《しごく》向いている。だが生来の生真面目《きまじめ》さから、すぐ下の奔放《ほんぽう》な二人の弟にいつも苦言《くげん》を零《こぼ》している。

安芸国の名門、吉川《きっかわ》氏に養子に入れた次男の元春《もとはる》は当年で二十八になる。兄弟のうちでもっとも剛毅《ごうき》な性質で、頭も切れぬ訳ではない。だが些《いささ》か感情的なところがあり、怒りだしたら手がつけられない。

小早川《こばやかわ》家に養子に入った三男の隆景《たかかげ》は二十五歳。まだ若いが相当な切れ者で、余人《よじん》は己に最も似ているなどと評している。だがそれを鼻にかけているところも散見《さんけん》出来、才気走って上二人の兄への侮《あなど》りも感じる。

四男の元清《もときよ》は七歳、五男元秋《もとあき》は六歳、六男元倶《もととも》は三歳と、まだ分別もつかぬ歳が離れた兄弟がいる。上の三人とは親子ほど歳も離れているため、隆元、元春、隆景がしっかりとすれば問題はない。

「どうにかせねばな」

このままでは己が死んだ後の毛利家の行き先は暗い。元就は三人の子たちに向け、十四箇条に亘《わた》る教訓を書き認《したた》めた。長々と書いてはいるが要約すれば、吉川、小早川の両家は毛利本家を凌《しの》ごうとせず守《も》り立てていけ。末代《まつだい》ならばいざしらず、兄弟が生きている内は必ず力を合わせよといったものである。

三人は畏《かしこ》まってそれを読み、己に約束を守ると誓った。しかしどの者も腹の内では承服していないのが、父である己には透《す》けて見える。それで教訓だけを残したところで無駄だと悟った。兄弟で争うことの不利、手を取り合うことの有利を、身をもって解《わか》らせる必要があろう。

元就は思案している中である妙案を思いついた。兄弟三人を呼びつけ、一本ずつ矢を折らせてみる。これは難なくやってのけるだろう。その後に三本の矢を束ねたものを渡し、同じように折らせてみるのだ。三本になれば折るのは容易ではなかろう。そこで三人が力を合わせることの重要さを説くのである。元就は己の計画の成功を思い描き、ふふと口元を緩《ゆる》めた。

二

元就には三人の娘がいる。いや、厳密にいえばいたというべきか。まだ毛利家が弱小だった頃、長女を安芸高橋家に人質《ひとじち》に出さねばならなかった。後に高橋家と関係がこじれ、元就は苦悩の末に打ち滅ぼした。長女は当然ながら非業《ひごう》の死を遂《と》げた。

——赦《ゆる》してくれ……。

元就はこの長女のことを忘れたことは一日もない。殺されることを解りながら攻めたのは己なのだ。ただ言い訳をすれば、あの局面で退《ひ》けば従っていた国人も相次いで離反し、毛利家は壊滅していただろう。そのようなことがあったせいで、残る二人の娘は何としても幸せになって欲しいと願っている。

三女は大人しい性格で、上原元将《うえはらもとすけ》の許《もと》に嫁《とつ》いで上手くやっている。問題は次女の五龍《ごりゅう》である。重臣の宍戸隆家《ししどたかいえ》に嫁いでいるが、若い頃からのお転婆《てんば》ぶりは変わっていない。兄の隆元に、

「兄上はお優しいから、元春や隆景に侮られるのです」

と、歯に衣《きぬ》着せずに直言することもしばしば。弟の元春などとは取っ組み合いの喧嘩《けんか》をすることもある。そしてそれを冷ややかに見ている隆景に対し、

「あなたも茫《ぼう》としていないで、止めに入りなさい！」

などと、自らが喧嘩しているのに、ぴしゃりと言い放つ始末である。竹を割ったような性格で、男に挑む勇気もある。それでいて頭も頗《すこぶ》る良い。もし男に生まれていれば、名将になったのではないかと、元就はふと考えるのだ。

元就が「三本の矢」を仕掛けようとしている矢先、その五龍が機嫌伺《うかがい》に姿を見せた。そこ

で元就は計画を得意げに話したのだが、五龍は言下《ごんか》に、

「元春ならば三本くらい折ります」

と、言い放った。

「それは儂も考えておる。その時は元清らの分も含めて六本に増やしてだな……」

「御父上はあの馬鹿力を甘く見ておられます。きっと折るでしょう」

「そんなにか……ではそなたら娘の分も含めて八本に増やす」

「そのあたりで隆景がしゃしゃり出てくるでしょう。兄上、梃子《てこ》を使って折るのですなどと、得意げに言うのが目に浮かびます」

八本を膝《ひざ》と畳に挟んでへし折る。確かに隆景ならば考えそうなものである。

「それはまずいな。今一度考えなおすか……」

「いえ、よろしいと思います」

五龍が言ったので、元就は眉《まゆ》を顰《ひそ》めた。

「いまそなたは、八本でも折ると申したではないか」

「折らせましょう。ならば次は我が夫の分、妹の夫の上原の分、それでも折られれば児玉の分、福原の分と、重臣の数まで足していけばよいかと」

「そこまですれば、儂が意地になっていると思われるではないか」

「元清を出したあたりから、とっくに意地になっていると思われるでしょう」

五龍はくすりと笑い、元就もこめかみを掻《か》いて苦笑した。

「確かにそうだ」

「よいのです。どんどん折らせてゆけば。幾らなんでも限界はいつかきます。その時に……」

五龍は顔を近づけてそっと耳打ちをした。

「なるほど。お主《ぬし》は知恵者だな」

「兄上や弟たちを側で見て来たのですから。皆の顔を想像すると笑いが込み上げてきます」

五龍は細い片眉を上げて、悪戯《いたずら》っぽく微笑《ほほえ》んだ。

三

元就が三人を呼びつけたのは、その三日後のことである。何の話か察しがついているのだろう。元春はすこしふてくされたような表情で、隆元がそれを窘《たしな》めている。

「呼び立てたのは、毛利家の今後のことだ。お主《ぬし》たちが力を合わせねば立ち行かぬ……ところで、この矢を折ってみよ」

元就は脇に置いた矢を一人ずつに手渡した。隆景は真っ先に後の展開が読めたようで、小さな溜息《ためいき》を漏らしていた。元春はすでに袖を捲《まく》り、隆元も困惑しつつ受け取る。それぞれすぐに矢を真っ二つに折って見せた。

「では、三本ではどうだ？」

「一本では折れる矢も、三本なら折れぬ。兄弟は力を合わせなくてはならないということですな」

「隆景、出過ぎぞ」

隆景が先んじて答えを言い、隆元が怒気《どき》を込めて制した。

「私は無理です。が、吉川殿ならば折られるかと」

よそよそしく呼ぶ隆景は、己は知恵でもって毛利に仕えていると言わんばかりに目を細めた。

「まさか」

元就は首を横に振った。その間にまず隆元が折ろうとするが、矢はしなるのみである。

「では俺が」

元春が力を込めると、激しい音を立てて三本の矢がささくれだつように折れた。元春は得意げに胸を張り、隆元は大きく溜息を零す。もしかすると隆元も折れたが、己に慮《おもんぱか》って力を抜いたのかもしれない。そのように気配りの出来る長男である。

「何……では、六本ではどうだ」

「元清らも含めて……と、いう意味ですな」

また隆景が即座に言う。元春は鼻息荒く六本を束ねると、一気にへし折った。ただの力自慢になってしまっている元春、言わんことではないという隆景、心苦しそうに俯《うつむ》く隆元という構図である。

「では、娘二人の分で八本じゃ」

これは元春とて流石《さすが》に折れなかったが、ここで隆景が一つの提案をした。

「吉川殿、私に」

「俺で折れぬのに、お主に折れるか」

「いえ、こうです」

隆景は矢の束を膝の下に敷き、両手で引き上げるようにして折ろうとした。矢は今にも弾《はじ》けんばかりにしなるが、隆景の力が足りず折るには至らない。

「さすがにお主らでも折れぬな」

元就が小馬鹿《こばか》にしたように言うと、隆景は顔を真っ赤にして言った。

「兄上、押して下され」

「おう」

元春が押し上げると、軋《きし》んだ矢がばちんと爆《は》ぜるように折れた。

「父上、いかが……」

隆景は息を切らしながら言う。

「では、宍戸と上原の分だ。これならどうだ。あれらも一族ぞ」

「望むところです。兄上、いけますな」

「当然だ」

他人が見れば親子でむきになっているとしか見えないだろう。尤《もつと》も人の出来た隆元はこの場をどう収めようかと、おろおろとしている。十本になると膝で押さえるのも容易ではなく、両手で押さえ込まねばならない。引き上げるのが元春一人になったことで、矢はなかなか折れずにいる。

「兄上も見ていないで力を貸してくれ」

「お願い致します。兄上」

元春と隆景の声が重なり、隆元は戸惑《とまど》いながらも元春と手を重ねて引き上げる。十本の矢は激しい音を立てて順に折れていく。

「ええい、では児玉、福原もだ。あれらも毛利の支柱ぞ！」

矢は十二本になるが、これも四苦八苦しながら折ってみせる。苦しい言い訳と共に、矢を増やしていき、遂《つい》に折れなかったのは十五本になったところであった。

「どうだ、折れぬだろう」

元就が静かに言うと、隆景は肩で息を切らしながら反論した。

「お言葉ですが……少々、大人気《おとなげ》のうございませぬか」

「そうだな。だが十二あたりが限界だと思っていたが、よくぞここまで来たものだ」

元就が微笑むと、三人ははっとしたような顔付きになる。

「三人で力を合わせれば、儂の思い描く以上の力が出るということだ」

隆元は素直に感心し、元春は苦笑して頰《ほお》を掻く。隆景は謀《はか》られたといったように額をぴしりと叩《たた》いた。

「十五本が毛利家存亡の秋《とき》よ。次は折ってくれると信じている」

元就が穏《おだ》やかに言うと、三人は気恥ずかしそうに互いに顔を見合わせた後、揃《そろ》って深々と頭を下げた。

「上手くいきましたでしょう？」

その翌日、訪ねて来た五龍の第一声はそれであった。

「ああ、お主の言う通りだ」

「三者三様ですが、一つ、まったく同じものもありますからね」

五龍いわく、それは己に対しての気持ちであるという。己は運の力も借りてここまで来たと思っているが、三人は小国人から五か国まで版図を広げた父を尊敬し、同時に超えられぬという想いも持ち合わせているという。それはいつか超えたいという気持ちと裏腹でもある。そのような心を刺激すれば、三人して父に挑戦してくると五龍は踏んでおり、まさしくその通りになった訳である。

「それにしても、儂は恰好《かっこう》悪いな」

元就は苦笑してしまった。むきになって矢の本数を折れぬところまで増やしたことが、少々恥ずかしくもあった。

「ご心配には及びません。そのあたりは兄上が心得ておられるかと」

隆元は家中の調整を取ることに最も長《た》けている。元就を少しでも貶《おとし》めることが、家のためにならぬことを重々承知であるという。そもそもこの話は紙に書いては残さぬであろうし、逸話《いつわ》として伝わっても、今少し恰好のつくものに作り変えられるに違いないと五龍は語った。

「恐らく、三本の矢のところで止めるのでは？」

五龍はにこりと笑ってみせた。

「それだと元春あたりが、俺が非力に伝わるとふてくされるだろうな」

元就はぶつくさ言う元春を想像して、思わず噴《ふ》き出してしまった。

「それも今の三人ならば、話し合って折り合いを付けるでしょう」

「お主もいるしな」

毛利家はこれから幾つもの困難に立ち向かわねばならぬだろう。たとえ、また言い争いになっても、同じ方向を向いている限りは必ず最良の答えを出すはず。そんな時にはこの日のことを思い出してくれるに違いない。そう確信して元就は穏やかに微笑んで深く頷《うなず》いた。

一　五竜之《の》事、是《これ》又五もじ所之儀、我々ふびん（不憫）に存候《ぞんじそうろう》条、三人共にひとへに〱此御《このお》
心持《こころもち》にて、一代之間者《は》、三人同前《どうぜん》之御存分《ごぞんぶん》ならては、於元就無曲《もとなりにおいてはきよくなし》（無念）恨《うら》ミ可申《べくもうし》候〱
（三子《さんし》教訓状）

島根県

尼子経久

謀聖の贄《にえ》

一

三沢《みざわ》城で開かれた宴席《えんせき》は、酒が進むにつれ、大層やかましいものに変わっていった。あまりに煩《うるさ》くて会話が聞き取れず、さらに声を大きくして話をする。それが他者の会話を遮《さえぎ》るため、また声が大きくなるという連鎖《れんさ》である。

笑い声も間断《かんだん》なく起こる。これが押しなべて下品な笑い方なのだ。さらにこれまで抱いた女がどうだとか野卑《やひ》な話をする者、挙句《あげく》の果てには一物を取り出して笑いを誘おうとする者までいる。

そのような中、梅津《うめづ》主殿助《とのものすけ》は、

「盛り上がっておりますな」

だとか、

「流石《さすが》の呑《の》みっぷりでござる」

などと言って、酒を注《つ》いで回っている。

ここにいるのは全てが国人《こくじん》だとか、豪族、地侍《じざむらい》と呼ばれる連中である。仁多《にた》郡の鴨倉山《かもくらやま》の三沢城に居《きょ》を構え、総地頭《そうじとう》である三沢為忠《ためただ》の誘いに応じ、国人たちが集まって酒宴が開かれたのだ。

「ささ、まずは一献《いっこん》」

主殿助は微笑《ほほえ》みを浮かべつつ瓶子《へいし》を傾けた。

主殿助が当主の梅津家もまた、国人領主の一家で、ここにいる連中より格が劣《おと》る訳ではない。取り纏《まと》める総地頭の地位にあるとはいえ、三沢家すら厳密には対等の国人領主である。

むしろ劣るどころか、梅津家は今ここにいる数十の領主の中でも、十指に入る家であった。三沢、野沢、野尻、中原、武田、下川、そして梅津は「鴨倉七手」と呼ばれ、国人連合の中でも頭一つ格が高いのである。

それなのにこのように腰を低くして、酒を注いで回っているのだから、

「主殿助殿は出来た男だ」

「うちの倅《せがれ》に爪の垢《あか》を煎《せん》じて飲ませてやりたい」

などと、好感を持たれている。

「いや、拙者《せつしや》などまだまだ若輩《じやくはい》にて……」

遜《へりくだ》って答える主殿助だが、本心ではこのような品性の欠片《かけら》もない連中に辟易《へきえき》とし、

——田舎者《いなかもの》どもめ。

と、腹の内で罵《ののし》っていた。だがそれをそのまま表に出すほど主殿助は馬鹿ではない。自身の野望のため、このような連中でも懐柔《かいじゆう》しておくに越したことはないのである。

二

梅津主殿助は幼い頃から、自身が周りより優れていることに気付いていた。同年代の誰にも剣や槍で後《おく》れを取ったこともなく、誰よりも早く馬に乗ることも出来た。

武芸だけでなく頭も良かった。皆がようやく字が読めるようになった時には、主殿助はすでに兵法書《へいほうしょ》を諳《そら》んじていた。梅津の子は神童だなどと近郷で噂になったほどである。

加えて主殿助は野心も強い性質《たち》であった。具体的な目標がある訳ではなかったのだが、

――俺はもっとやれるはず。このようなところで終わる男ではない。

と、漠然《ばくぜん》とではあるが、常にそう思いながら育って来た。

幕臣の末席の家にでも生まれていれば、今頃は将軍の側近に取り立てられていただろうなどと、根拠はないものの自信を持っている。このような出雲《いずも》の片田舎の国人の家に生まれたことを、激しく悔やんでいたこともあった。

が、幾《いく》ら悔やんでいても始まらない。まずは国人連合の中でも突出した存在となり、いずれは三沢家を凌《しの》いで総地頭の地位に就《つ》く。さらに他の勢力を打ち破って出雲を統一。やがて他国にまで進出するという長大な夢を、野望をいつからか抱《いだ》くようになった。

その野望を達成するための第一歩として、まず主殿助が取り掛かったのが、

――父に隠居を迫る。

ということであった。主殿助から見て、父は温厚なだけが取り柄《え》で、お世辞にも優秀な人ではなかった。

「私に家督《かとく》を」

主殿助が迫った時、父はさして驚くことはなかった。その頃にはすでに主殿助が才覚に秀《ひい》でていることは知れ渡っており、早く家督を譲ったほうが良いなどと、他の国人領主より勧められていたりもしたからである。

「お主《ぬし》は儂《わし》なぞより遥《はる》かに優れている。梅津家始まって以来の才であろう」

父はそう言って家督を譲ることを認めた。だが一つだけ、肝《きも》に銘《めい》じろという条件が付いた。

「主殿助、世はお主が思うよりも広い。上には上がいるということをけして忘れるな」

と、いうものである。

――何を。

そのような凡庸《ぼんよう》な教訓しか残せぬ父に、主殿助は鼻白《はなじろ》む思いであった。重々そのようなことは判《わか》っているつもりである。だが己《おのれ》はまだ若く伸び代《しろ》もある。やがてはそのような者も越えていく腹積もりである。

「承知しました」

主殿助は取り繕《つくろ》うように慇懃《いんぎん》に頭を下げた。こうして主殿助は僅《わず》か二十歳で梅津家の家督を相続したのである。

それから十年。鴨倉七手の中で末席にあった梅津家であるが、今では総地頭三沢為忠の信用を勝ち取り、三沢家に次ぐ地位、身代《しんだい》にまで上り詰めている。が、牙《きば》を剝《む》くのはまだ早い。周囲を安心させておく必要があるため、こうして謙虚な姿勢を貫いている。

その訳は出雲国を取り巻く状況にある。出雲国の守護は京極《きょうごく》家だが、その権威は失墜《しっつい》して有名無実《ゆうめいむじつ》と化している。実際に勢力を誇っているのは三沢家、尼子《あまご》家、三刀屋《みとや》家、赤穴《あかな》家の四つ。中でも三沢、尼子が頭一つ抜けているが、尼子が他と敵対している状態だ。三沢家を凌ぐためには、その内部を掻《か》き乱して不和を誘うことになり、それは尼子との戦いにおいて不利に働くだろう。せめて尼子家を倒すまでは、三沢を矢面《やおもて》に立たせて操るほうが無難であると考えていたのだ。

「尼子がまたぞろ調子に乗っているらしいの」

三沢為忠が苦い顔で酒を流し込む。

もともと尼子家は京極家をいただく姿勢を見せていたが、やがて周囲の国人たちを味方に引き入れて対抗の構えを見せた。さらに幕府の命を無視し、寺社領を押領《おうりょう》するなど好き放題するようになった。これに対し三沢家は、

――京極家を無視した振る舞い許せぬ。

と、大義名分《たいぎめいぶん》を掲《かか》げて尼子家に対決を挑んだ。結果、出雲国のほとんどの国人、寺社が味方することとなり、尼子は敗れて守護代の職を剝奪《はくだつ》されるに至ったのである。これが二年前のことである。

尼子家の当主は経久《つねひさ》と謂《い》い、己より一つ年下である。自らの才を誇っているらしいが過信というもの。

——所詮《しょせん》は俺より生まれた家が良かっただけなのだ。

と、主殿助は胸がすく思いであった。

だが尼子家はしぶとく、徐々にではあるが勢力を取り戻しつつある。為忠が苦々《にがにが》しく思うのも無理はない。それは主殿助もまた同様であった。

「主殿助、何か良き策はないものか」

為忠は尋ねた。当人からすれば愚痴を零《こぼ》すようなものだったろうが、主殿助はこの時を待っていた。すでに腹案《ふくあん》があったのである。尋ねられずとも進言しただろうが、出来るならば頼られた時、即座に捻《ひね》り出したように見せかけたほうが、皆にもさらに一目置かれるだろうと考えていたのだ。

「ふむ……一つ、良き策が」

「何、あるのか」

やはり意外だったらしく、為忠は身を乗り出す。

「はい。三沢様は尼子家中の山中勘允《かんのじょう》と謂う男をご存知でしょうか」

「いや、知らぬ」

「まず拙者、間者《かんじゃ》を放って尼子の様子を常に窺《うかが》っております」

「流石、主殿助じゃ」

「その間者からの報告によると、この山中勘允、その妻子、老いた母、皆が牢《ろう》に繋《つな》がれた由《よし》」

二十日ほど前のことである。山中は家中の者と喧嘩《けんか》になり、激昂《げきこう》してこれを斬った。詳《つまび》らかに調べたところ、山中には何ら非がなく、むしろ斬られた側が妻子、老母を侮辱《ぶじょく》したからであるという。だが尼子経久がその男を寵愛《ちょうあい》していたらしく、山中は罪を負うはめになったという次第である。

「忠臣を牢に繋ぐとは……尼子も阿呆《あほう》よな」

「左様。家中でも山中を憐《あわ》れみ、尼子を憎む者もおるとか」

「ふむ。それで」

「この山中を救い出し、我が方に引き入れようと思いまする」

尼子の本拠、月山《がっさん》富《と》田《だ》城は堅城《けんじょう》である。正攻法ではなかなか落とせない。故《ゆえ》に奇襲を用いるのが良いと思うが、そのためには尼子家に精通した者が必要だと考えていた。さらに抜け道の一つでも知っていれば儲《もう》けもの。加えて山中が先に立って攻め込めば、その一族や、同情した家臣のうちから、寝返る者も出るのではないかと献策した。

「それは良い。だが、やれるのか」

「すぐに手配を致します」

未《いま》だ馬鹿騒ぎの宴席が続く中、主殿助はにこりと微笑んだ。

三

主殿助は難なく山中を救い出した。牢役にすでに鼻薬《はなぐすり》を嗅《か》がせていたのである。そもそも牢役も山中に深く同情しており、懐柔するのはさして難しくなかった。

「御救い下さりありがとうございます」

為忠の前に出た山中は深く頭《こうべ》を垂《た》れた。聞くところに拠《よ》ると、数日後に首を落とされることが決まっていたという。

「妻子、そして母上のことは不憫《ふびん》だが……」

為忠は心苦しそうに言った。妻子や母は別の牢に囚《とら》われており、救い出すことは出来なかった。山中が脱走したとあれば、今頃はもう命は無いだろう。

「どちらにせよ殺されていたのです。斯《か》くなる上は、非道なる尼子に報《むく》いを受けさせる所存《しょぞん》」

山中は目に闘志を宿らせて呻《うめ》くように答えた。

その後、梅津家で山中を召し抱えることを請《こ》うて容《い》れられた。尼子に精通した山中を手許《てもと》に置き、来《きた》る日の手柄に繋げるためである。

「梅津様、まだですか」

時折、復讐《ふくしゅう》に燃えている山中はそう訊《き》いてきた。

「まだだ。焦《あせ》っては仕損《しそん》じる。今は耐えるのだ」

主殿助は宥《なだ》めつつ、時機が到来するのを待った。

その時がやって来たのは二年後のことである。尼子家と三刀屋家との間で小競《こぜ》り合いがあり、そのまま開戦に到ったのだ。経久は配下の将に半数の兵を付けて送ったため、月山富田城の守りが弱くなっていたのである。

「今こそ出陣しましょう」

主殿助はその報《しら》せを聞くと、すぐに為忠に進言した。

「よし、此度《こたび》こそ尼子の息の根を止める。鴨倉七手全てを投じるぞ」

為忠が応じた時、末席の山中が口を開いた。

「拙者に精兵三百を預けて下さりませぬか。実は尼子家中に三人ほど通じている者がおります。夜襲《やしゅう》を掛けると同時に、示し合わせて城内に火を放つ段取りとなっております。もはや経久の首を獲《と》るのは、袋の中の物を摑むほど容易《たやす》きこと」

「心強い。任せる」

――上手くいった。

主殿助は腹の内でほくそ笑んだ。

山中に内応者《ないおうしゃ》を作らせたのも、この場で先鋒《せんぽう》を買って出るようにさせたのも、全ては主殿助の指示である。こうして一番の手柄を恣《ほしいまま》にする。が、主殿助の策はこれで終わりではなかった。

月山富田城を落とした暁《あかつき》には、為忠こそ真っ先に入るべきだと進言する。城に入ったところで「尼子の残党」が隠れており、為忠も討ち取るつもりである。勝利に浮かれていた国人領主の連合は混乱を来す。それを次席で、此度の戦《いくさ》の最大の功労者たる己が鎮《しず》め、為忠の地位を簒《さん》奪《だつ》するつもりなのだ。

三沢家を中心とする連合軍五百は月山富田城を目指して出陣した。中近と謂う地まで来たところで山中が言う。

「ここからはまず私が。城に火が立った時、一斉《いっせい》に軍を進めて下され」

これも主殿助との打ち合わせ通りである。山中は主殿助と視線を交わして頷くと、三百の軍勢を率いてさらに進んだ。

「まだか」

為忠は手を揉《も》む。まだそれほど時は経っていないのに、長年の宿敵を滅ぼせるからか焦《じ》れ始めている。

「今少しかと」

主殿助は努めて穏やかに止めた。

「一町でも軍を進めておくか」

「まあ、それもよいかも――」

主殿助が言い掛けたその時である。猛々《たけだけ》しい鬨《とき》が上がった。山中が奇襲を成功させたのか。いや、違う。城よりも遥かに近い。そのようなことを考えている内に、曲がりくねった道の先から軍勢が突貫《とっかん》してくる。尼子軍である。

「なっ……」

「梅津！　これはどういうことだ！」

「拙者は何も――」

尼子軍は強烈な勢いのまま、連合軍に襲い掛かった。不意を衝《つ》かれたことで、連合軍は浮足立つ。

「ひ、退け！」

為忠の一声を契機に、一斉に退却を始める。いや、崩れたというより、這《ほ》う這《ほ》うの態《てい》で逃げ出したというのが相応《ふさわ》しい。

「何だ⁉」

主殿助は目を見開いた。逃げる先の森から兵が現われたのだ。尼子の伏兵であった。

「三沢与右衛門殿、討ち死に！」

為忠の一門の死が報じられる。だが今は構っている暇はなく、皆が必死に逃げる。

「またか！」

主殿助は悲痛に叫んだ。暫《しばら》く行ったところでまた伏兵に遭《あ》ったのだ。野沢、野尻、武田と、鴨倉七手の国人たちが次々に討ち取られていく中、主殿助は無我夢中で馬を駆《か》った。

――何故《なぜ》だ。何故だ。何故だ。

心中で何度も繰り返す。同年代はおろか、年嵩《としかさ》の者にも、ただの一度も後れを取ったことはない。それなのに己より一つ年下の経久は何故《なにゆえ》、此度の策を看破《かんぱ》した。

主殿助の周囲にはすでに四、五騎しかいない。

「くそっ」

主殿助が手綱《たづな》を揺らした時、また鬨の声が上がった。また伏兵。わらわらと兵が姿を見せて行く手を、背後を塞《ふさ》ぐ。取り囲まれた。

絶望に周囲を見渡す。僅かな配下の中には、怯《おび》えのあまり馬から転げ落ちている者もいる。

「梅津殿」

山中勘允である。軍勢の中から不敵な笑みを浮かべつつ歩を進めて来る。

「お主……裏切ったか！」

そうとしか考えられず、主殿助は吼《ほ》えた。しかし山中はひょいと首を捻《ひね》る。

「拙者は誰も裏切ってはおりませぬが？」

「何だと」

「まだお気付きになりませぬか。全て謀《はかりごと》でござる」

「何処《どこ》から……」

「端《はな》から。全て」

山中は滔々《とうとう》と語り始めた。

ことは経久が三沢ら国人連合を潰したいと考えたことに端を発する。だが勢力は互角《ごかく》。仮に打ち破ったとしても尼子家もただでは済まず、疲弊《ひへい》したところを他の勢力に狙《ねら》われるかもしれない。

――城下に小賢《こざか》しい蠅《はえ》を送っておる者がおるな。鴨倉七手の梅津主殿助か。

経久は放った間者の存在にも気付いていたし、主殿助の性格についても念入りに聞き込んでいた。そこでこれを利用することを考えたらしい。

「そんな……」

主殿助は絶句した。まさか露見《ろけん》しているなど夢にも思わなかったのだ。

山中が口論の末に斬ったのは、人を殺し、盗み、女に乱暴狼藉《ろうぜき》を働き、すでに死罪が決まっていた悪人であった。裁可は覆《くつがえ》らぬ。しかし最後に尼子武士になり切り、喧嘩の末に斬られたならば、故郷に残す母を手厚く世話をするという条件を呑んだらしい。

次に経久は山中を捕縛《ほばく》して、妻子、老母も同様に一度は牢に入れた。主殿助は山中を利用するために逃がすだろう。牢役も懐柔されたら騙《だま》された振りをしろと命じられていたという。

「では、お主の妻や子は……」

「無事に健《すこ》やかに過ごしております」

山中は笑みを絶やさぬまま頷く。

こうして山中は梅津家に、連合軍にまんまと埋伏《まいふく》した。あとは連合軍の動きを逐一《ちくいち》報せ、月山富田城を攻めようとした時、罠に嵌《は》めて壊滅させる。これが経久の策の全貌である。

「嘘だ……この俺が……俺の才は出雲一だぞ……騙されるはずが……」

主殿助は茫然自失《ぼうぜんじしつ》となってぶつぶつと繰り返す。

「梅津殿、主君経久からの伝言でござる」

山中はそこで途切り、静かに言葉を継いだ。

「上には上がいるのだ」

その直後、山中はすっと手を挙げ、一斉に兵が動き出す。無念、恐怖が躰中《からだじゅう》を駆け巡る中、主殿助の脳裏にいつの日かの父の言葉が過《よぎ》った。経久の策は見事の一言に尽き、智嚢《ちのう》は想像を絶するほど。

――謀聖《ぼうせい》。

と、いっても過言ではない。

過信していたのは経久ではなく己。人生で初めて痛感したが、もう悔い改めるだけの時は残されていない。主殿助は声にならぬ獣《けもの》の如《ごと》き呻きを発し、深々と項垂《うなだ》れた。

> 未だ經久《つねひさ》の號令《ごうれい》を受けず、さりとて、容易に渠《かれ》を攻め隨《したが》へん事も難かりければ、謀を以《もつ》て討たばやと、寝食《しんしょく》に付いても思案を回《めぐ》らされけるが、或時《あるとき》山中勘允と云ふ者を近付け、吾《われ》三澤《みさわ》を方便《たばかる》べし……（『陰徳《いんとく》太平記』）

山口県

大内義興

帰らせろ

一

馬上、大内義興《おおうちよしおき》は手綱《たづな》を握りつつ空を見上げた。どうした訳か大抵の場合、雲は西から東へと流れていく。義興の本国は遥《はる》か西の周防《すおう》国である。だとすれば、周防の者たちも幾日《いくにち》か前にこの雲を見つめたのだろうか。それとも周防とこの京の間、安芸《あき》や備中《びっちゅう》、あるいは播磨《はりま》辺りで湧《わ》き出たものであろうか。そのような愚《ぐ》にも付かぬことを、義興が茫《ぼう》と考えていると、蒼天《そうてん》も白雲《しらくも》も薄《う》っすらと霞《かす》み始めた。

「邪魔な」

義興は呟《つぶや》くと、小さく舌打ちした。

あちらこちらから黒白の煙《けむり》が立ち上り、風に流されて一つに入り混じり、灰色の天幕《てんまく》の如《ごと》く空を覆《おお》い始めているのだ。

今に始まったことではない。義興が上洛《じょうらく》してからというもの、ずっと京はこの調子である。応仁《おうにん》の頃、将軍の後継ぎ問題から、東西に分かれて洛中《らくちゅう》にて合戦が始まった。一時の停戦を挟むことはあっても、すぐに再び戦端《せんたん》が開かれる。場所を洛外に移し、また戻って来ては続く。やがては畿内《きない》の大名だけでなく、遠国《おんごく》の大名まで加わって来る。こうしていつ終わるとも判《わか》らぬ戦《いくさ》が、義興の父の代からずっと続いているのだ。

義興が本国である周防山口にいた頃、前将軍である足利義尹《あしかがよしただ》が己《おのれ》を頼ってやって来た。今から十八年前の、明応《めいおう》八年（一四九九）の暮れのことである。

足利義尹は今も自らが将軍であると主張しており、上洛して京を奪還《だっかん》する夢を抱《いだ》いていた。

そのために力を貸して欲しいと頼んできたのである。

――承知致しました。

義興は迷うことなく応じた。

先代とはいえ、将軍に頼まれれば断りにくいということはある。それにここで断って、大内家と敵対する少弐《しょうに》家にでも奔《はし》られたら厄介《やっかい》との考えもあった。

ただそれ以上に、義興としてもまんざらではなかったのが大きい。義尹を奉じて上洛し、敵対する勢力を駆逐《くちく》すれば、本来であれば補任《ぶにん》されるはずのない管領《かんれい》の職に、特例的に任じられることも十分にあり得る。

いや、それを条件に附《ふ》しても、凋落《ちょうらく》の義尹ならば呑《の》まざるを得ないだろう。そうなれば、義興は実質的な天下人といっても過言ではない。当時、二十三歳だった若い義興は野心を胸に滾《たぎ》らせたのだ。

とはいえ、一年や二年で上洛の態勢を整えられない。兵糧《ひょうろう》や銭《ぜに》の備蓄も必要となってくるし、軍備にも勤《いそ》しまねばならない。己が上洛している間に、周囲の大名が攻めて来ることも有り得るし、家中で不届きにも謀叛《むほん》を企《くわだ》てる者が出来《しゅったい》するやもしれぬ。

領地境の城の守りを堅くすること。そして和議を結ぶことで憂《うれ》いを取り除くことに励《はげ》んだ。

後者においては、義尹を大いに利用して仲介役を担《にな》わせもした。

義興がついに軍を興《おこ》したのは、義尹が山口に亡命してきてから九年後の永正《えいしょう》五年（一五〇八）のことである。京で再び起こった大きな争いに乗じる恰好《かっこう》で、上洛を決めたのだ。この時の義興は、

――いよいよ、天下に躍《おど》り出るのだ。

という情熱を抱いていた。

当初は義興の思惑通りに事が進んだ。まずは和泉《いずみ》国の堺《さかい》に入り、同じく現将軍に敵対する細川高国《たかくに》との連携を強めた。

それから二カ月、畿内の情勢を慎重に窺《うかが》った後、義尹を戴《いただ》きつつ義興は上洛を果たしたのである。

その翌月には義尹は将軍職に復帰した。そして内々の約束通り、義興は左《さ》京大夫《きょうのだいぶ》の官職を得て、管領代という職に補任された。臨時の管領といったようなものである。この時、義尹はさらに義興の功績に報《むく》いんと、和泉国堺南荘《さかいみなみのしょう》を与えようとした。が、義興はこれが元は相《しょう》国寺崇寿院《こくじすうじゅいん》領であったことから、

「元のように寺社本所領を返すがよろしい」

と、相国寺に返還した。

別に善意という訳ではない。そもそも義興は目的を達した今、領国である周防に早々に戻るつもりであった。正直な所、遠く離れた堺に領地を得ることの魅力は少なく、むしろ管理するのに手間が掛かると見た。

もっとも駆逐した敵対勢力が反攻を開始し、己が再び上洛せねばならぬことも有り得るだろう。畿内では寺社の勢力が頗《すこぶ》る強く、彼らの動向次第で敵と戦うのに有利にも、不利にもなり得る。そういった意味でも、ここで寺社の心証を良くしておこうと考えたのである。

が、義興の思惑は大いに外れた。一つ目は義興の帰国が叶《かな》わなかったのである。まず将軍足利義尹が京に留《とど》まることを説得して来た。これは想定内のことで、

「細川殿がおられます」

と、細川高国が在京していることを理由に固辞した。

予想外だったのは、朝廷までもが義興の帰国を止めようとしたことである。帝《みかど》の意向を示す女房奉書《にょうぼうほうしょ》が義興に届いた。続いて公家《くげ》の三条西《さんじょうにし》実隆《さねたか》が宿所を訪ねて来て説得してくる。さらには勧修《かじゅう》寺《じ》尚顕《ひさあき》も来訪して二人で説き伏せてきた。高位の公家が武家である己の宿所を訪ね、このように説得してくるのは異例中の異例のこと。義興としても無下《むげ》にすることは出来ない。

「まずは暫《しばら》く」

そう答えて、帰国を先に延ばすことを決めた。

続けて思惑が外れた二つ目は、奈良の東大寺が、大内家が押領《おうりょう》した周防の国衙《こくが》領を返せと言ってきたのだ。

確かにそのような事実はあった。だがこれは義興ではなく、延徳《えんとく》二年（一四九〇）、父の代に行なわれたことである。義興が相国寺に堺の寺社領を返したことで、

——ならば我らも。

と、主張してきたのだ。甘い顔を見せたことで、つけあがってきたと言ってもよい。義興はこれをのらりくらりと曖昧《あいまい》に返答したが、東大寺は一切退《ひ》く素振りを見せない。さらには周囲の寺社も味方に引き入れて、義興が寺社を大切にすると言ったのは嘘だったと吹聴《ふいちょう》し始める始末。この段になって、義興は渋々東大寺に国衙領を返還した。

——骨折り損ではないか。

義興は苛立《いらだ》ちを隠せなかった。上洛を果たしたことで、確かに管領代の地位は得た。だが領地の加増を断ったことで、まさか本国の領地を奪われるとは思いもよらなかった。いよいよ国へ帰りたい思いは募《つの》るものの、朝廷はそれを断固として許さない。己が去れば再び戦火が大きくなり、自らの暮らしも脅《おびや》かされるからだ。

義興が溜息《ためいき》を零《こぼ》しつつ、西の空を眺《なが》め始めたのは、この頃からのことである。

二

こうして義興は一年、また一年と帰国を引き延ばされ、何と十年にも亘《わた》って京に滞在するはめとなった。その間、様々なことがあった。

敵対勢力の反攻に対し、軍を率いて幾度《いくど》となく合戦を行なった。時にはあまりに敵の攻撃が激しく、戦に敗れて丹波《たんば》まで退《しりぞ》いたこともある。それでも、いや、だからこそ義興の帰国はなかなか認められなかった。

さらに義興が留守にしている間に、安芸国の武田元繁《たけだもとしげ》と光和《みつかず》父子、さらに出雲《いずも》の尼子経久《あまごつねひさ》が領国を窺うようになった。中でも尼子経久の躍進《やくしん》は目覚《めざ》ましく、石見《いわみ》における大内領は年を追うごとに削り取られていった。

「このままでは本国が危のうございます」

義興は朝廷にも散々帰国の旨《むね》を奏上《そうじょう》した。だが尼子に兵を収めるように詔《みことのり》を出すだの、畿内のことが片付けば尼子を朝敵にする故《ゆえ》、併呑《へいどん》すればよいだの、様々な説得の手を講じてくる。

それでも無視して帰国するという道も考えた。しかし、朝廷が一応の「解決策」を提示しているのに、それを撥《は》ね除《の》けたとなれば不忠《ふちゅう》の誹《そし》りを受ける。それがどうしたと言えるのは、思慮が浅い者の考え。それこそ尼子経久などは、それを利用して反大内を糾合《きゅうごう》しかねない。朝廷としても、

――大内が戻るならば。

と、条件を付けて和議を斡旋《あっせん》してくるだろう。京は魑魅魍魎《ちみもうりょう》の跋扈《ばっこ》する地なのだと思い知らされている。

他に義興の心を苦しめたのは家中の離反である。あまりに長い滞在に辟易《へきえき》し、勝手に帰国する者は後を絶たない。中には出奔《しゅっぽん》する者もあった。さらには本国では様々な内輪揉《も》めが起こり、血が流れる合戦まで始まったのだ。義興の焦《あせ》りは募る一方だが、やはり朝廷を説得出来る

だけの材料はない。

「来ねばよかった」

義興は空を見上げながら零した。だが、今更言っても詮無《せんな》きこと。何か、何か帰国の手段を考えねばならぬ。頭の中は常にそのことで一杯であった。

京でも小競り合いがあり、小勢ではあるが率いて出陣した。あとどれほどこれを繰り返せば帰れるのか。義興は深淵《しんえん》にも届きそうな溜息を漏《も》らしながら、仮初《かりそめ》の家への帰路に着いた。

三

「顔色が優れませんが……具合が悪いのですか？」

妻の東向殿《ひがしむきどの》が尋《たず》ねて来たのは、それから数日後のことであった。妻は己よりも歳は六つ上である。世間では年上の妻を娶《めと》ることも無いではないが、沢山の子どもをつくるのも大事な仕事の一つである大名にとって、けして多いとはいえない。

だがこれにも事情があった。妻の父は内藤弘矩《ひろのり》と謂《い》い、大内家でも有数の重臣であった。だが義興の兄弟を擁立《ようりつ》して大内家を乗っ取ろうとしていると、これも重臣の陶武護《すえたけもり》が義興に証拠を添えて進言してきたのだ。

義興はこれを信じて内藤弘矩を誅《ちゅう》した。が、これは冤罪《えんざい》であった。陶武護が内藤家を没落させようと画策《かくさく》し、証拠を捏造《ねつぞう》した上、己に讒言《ざんげん》したのである。義興は真実を知ると、すぐに陶武護を討ち果たした。そして内藤家に心より謝罪したのだ。

そして、内藤家は己の過《あやま》ちを許してくれた。だがこれだけでは義興の後悔が晴れる訳ではない。そこで内藤弘矩の長女を正室として迎えたいと申し出たのだ。これを受け、やってきたのがこの妻である。

当初は贖罪《しょくざい》のつもりであった。だが妻は恨《うら》み言を一切零さず、それどころか、

――京に張りつけられて、周防の事情も判らない。焦りばかりが募り、さぞかし不安でしょう。殿は優しすぎるのです。

と、慰《なぐさ》めの言葉を掛けてくれる。義興は次第に妻を心から大切にするようになった。

「いつものことだ」

義興は畳《たたみ》に視線を落として零した。

「やはり無視して帰る訳にはいきませんか？」

「それで何も起こらぬかもしれぬ。しかし、起こるかもしれぬ。そうなれば大内家は坂道を転がるように没落するだろう。せめて朝廷が解決の道を示せぬことがあればよいのだが……そのようなものは無いだろう」

義興はぼそぼそと語った。

「あります」

「何……」

いつもは物腰柔らかい物言いの妻が、凛然《りんぜん》と言ったので義興は顔を覗《のぞ》き込んだ。

「私に考えが」

妻はかねてから考えていたと前置きし、自らの腹案《ふくあん》を語った。

「そのような些事《さじ》で……」

義興は目を丸くして言葉を詰《つ》まらせた。

「些事ではありません。女の一大事です」

「確かに」

「まずはやってみましょう。それからでも遅くはありません」

「解《わか》った」

妻がいつになく強く言い、義興は唾《つば》を呑み込んで頷《うなず》いた。

それから一月《ひとつき》後のことである。朝廷から公家がひっ切りなしに訪ねて来て、義興の帰国を押し留《とど》めた。

「しかし、こればかりは」

義興は首を縦に振らなかった。

理由はこうである。義興が京で良き女を見つけ恋文を送っていた。だがこれがひょんなことから妻に露見。妻は烈火《れっか》の如く怒り、女と引き離すために本国に帰らねば離縁するとまで言っているというものだ。

「何とかならぬのか」

「解決の道がありましょうや」

「説き伏せよ」

「無理でござる」

「そのような些事で……」

「女にとっては大事。詔が出れば考えも改めてくれるかもしれませぬが……」

「出せるか！　い、いや……帝がそのようなことで詔を出されるはずはない」

「ならば仕方ありませぬ」

　どの者も茫然となるが、解決の道を示すことは出来ず、すごすごと引き下がっていった。こうして一月の猶予《ゆうよ》を持ち、義興は軍勢と共に周防への帰路に着いた。その道中、駕籠《かご》に乗る妻に義興は途切れ途切れに訊《き》いた。

「何故《なにゆえ》、ここまでしてくれるのだ……お主の父を……」

「殿は京に留める全てを恨んでおいでです。ならば私にとっての仇《かたき》でもあります。その仇討ちをしたのです」

　妻は優しく、それでいてはきとした口調で話した。

「すまぬ……そして、京から連れ出してくれてありがとう」

　義興は絞り出すように言った。妻はそれには応じず、微《かす》かに息を漏らし、

「帰りましょう」

　と、声を弾ませた。

「ああ、帰ろう」

義興は力強く頷くと、蒼天を見上げた。そこに靄《もや》は掛かっていない。西から悠々と流れる白雲があるのみである。

義尹公、義興に對面《たいめん》して宣《のたま》ひけるは、應仁《おうにん》の乱より、天下大に乱れて……（『西國太平記《さいごくたいへいき》』）

奈良県

松永久秀

九兵衛の再縁

一

摂津国《せっつ》芥川山《あくたがわやま》城内の一室、松永九兵衛《くへえ》久秀《ひさひで》は細く息を吐《は》いた。家臣の海老名《えびな》権六《ごんろく》家秀《いえひで》が、

「いっそのこと、祈禱《きとう》でも頼みますか」

と、低く訊《き》いた。

「奴らに何が出来る」

九兵衛は小さく鼻を鳴らして返す。九兵衛は神仏を信じていないが、いないと証明することも出来ないのも確か。だが仮にいたとしても、何かが出来るとも思っていない。長き乱世の中で、多くの無辜《むこ》の民《たみ》が命を落としているのがその証左《しょうさ》である。

「ごもっとも」

権六も承知であるが、念の為に訊いたのだろう。それほど今の己《おのれ》は深刻な顔をしているらしい。

九兵衛の一人息子である彦六久通《ひころくひさみち》は齢《よわい》十二。二日前より高熱を発して寝込んでいる。食も喉《のど》を通らず、稀《まれ》に目を覚ましても意識が朦朧《もうろう》としている。

「彦六、負けるな」

九兵衛は、眼前で眠る彦六の額《ひたい》をそっと撫《な》でた。珠《たま》のような汗が浮かんでおり、やはり相当に熱い。息苦しそうな唸《うな》りを聞くのも辛《つら》く、代われるものならば代わってやりたかった。

「母上……」

彦六は譫言《うわごと》を零《こぼ》した。

「俺にも何も出来ぬな」

九兵衛は自嘲《じちょう》気味に口辺《こうへん》を歪《ゆが》めると、権六は何も言わずに俯《うつむ》いた。

彦六に母はいない。厳密には、彦六が幼い時に生き別れ、すでにこの世にはいないのだ。それでも魘《うな》されて母を呼ぶ。このような時は、父よりも母の存在が力になるのだろう。

二

九兵衛は行商人《ぎょうしょうにん》の子である。戦乱と飢饉《ききん》によって父母を失い、弟の甚助《じんすけ》と共に孤児となった。孤児仲間と野盗《やとう》の真似事《まねごと》をして凌《しの》いでいた頃もあるし、摂津本山寺《ほんざんじ》で厄介《やっかい》になったこともある。やがて縁あって先代の三好元長《みよしもとなが》と知己《ちき》となり三好家に仕官した。

元長は戦《いくさ》で死に、三好家は逼塞《ひっそく》したが、遺児たちが長じて勢力を挽回《ばんかい》した。それに伴い、九兵衛も出世を重ね、今では三好家の奉行の一人に、弟甚助に至っては、丹波《たんば》の守護代内藤家の婿《むこ》養子にまでなっている。

彦六はその間に生まれた。妻は阿波《あわ》の国人《こくじん》の娘であった。当時、三好家は本国阿波の治政さえ儘《まま》ならぬ時期で、隣国の伊予《いよ》勢からの圧迫に苦しんでいた。その最中、妻は忽然《こつぜん》と姿を消した。実家が伊予勢に寝返った為である。

その時、妻は幼い彦六を連れてはいかなかった。九兵衛はこのような事態が起こり得ることも考え、かねてより、

――何があっても彦六を側《そば》においてよい。

と、妻に言っていた。にもかかわらず、妻は彦六を置き去りにしたのだ。再び縁付く時に邪魔になると考えたようだ。事実、妻は半年後には再縁した。それから数年、病《やまい》によって世を去ったと耳にしている。

九兵衛はこのことを彦六に語っていない。捨てられたなどと言えるはずも無い。

――お主《ぬし》が幼い頃に死んだ。

と、話してある。かつて彦六に、

「母上の墓に参りたいのです」

と、言われた時にはひやりとした。妻が何処《どこ》で死に、墓があるのかどうかさえも知らないのだ。その時はいずれとはぐらかしたものの、彦六は訝《いぶか》しそうにしていたのを覚えている。

九兵衛は自身の再縁も考えたことはある。主君長慶《ながよし》も勧めてくれる。が、結局そうはしなかった。すでに己も齢四十七である。今更、子をなそうとも思わない。子は彦六だけで十分である。彦六には己しかいないのだから。故《ゆえ》に再縁の必要は無いと結論付けた。が、このような時、母がいればと思うのも確かであった。

幸いにも、彦六はそれから三日ほどで床《とこ》を払うことが出来た。性質《たち》の悪い風邪だったようだが、とある人が届けてくれた薬が効いたらしい。九兵衛はその人に礼を述べるため京へと足を

運んだ。

「久しぶりやな」

その人は満面の笑みを浮かべ、聞き慣れた上方訛《かみがたなまり》で出迎えてくれた。名を武野新五郎《たけのしんごろう》と謂《い》う。今では武野紹鷗《じょうおう》の名のほうが世に通っている。九兵衛が堺《さかい》にいた頃に面倒を見てくれ、三好家に繋《つな》いでくれた。さらに九兵衛の茶の湯の師匠でもあった。

「此度《こたび》はありがとうございました」

「他人行儀な。本復《ほんぷく》したようで何よりや」

新五郎は目を細めつつ続けた。

「九兵衛、白髪《しらが》増えたんやないか？」

「私も四十七です。新五郎さんはいつまでもお若いから」

新五郎は齢五十三となっているが、未《いま》だに髪は黒々としている。ただ、二年前に会った時より、肌の艶《つや》が悪いのが気に掛かった。

「これでも躰《からだ》のあちこちが痛むようになったわ」

新五郎は首に手を回して苦笑した。

「解《わか》ります」

九兵衛もまた頰《ほお》を緩《ゆる》めた時、新五郎は改まった口調で切り出した。

「彦六の母親のこと、気にしてるらしいやないか」

「誰からそれを……」

「甚助や。たまに送ってくる文《ふみ》にな」

「あいつ」

九兵衛と同じように、甚助と新五郎との間に文の往来があることも知っている。

「話してへんのやろ？」

「はい。聞かせることではないかと。ただもう十二歳になるのですが、母親に対しての想いはあるようで……」

「そら当然や。ずっとおらんかったんやからな。歳は関係ない」

己たち兄弟は三十年以上前に母を失ったが、確かに未《いま》だに夢に見ることはある。子の母への想いというものが強いのは確かだろう。新五郎は咳払《せきばら》いを一つし、改まったような口調で切り出した。

「九兵衛、再縁するつもりはないか？」

「えっ……」

九兵衛は吃驚《きっきょう》して声を詰まらせた。

「ええ人がおるんや」

広橋兼秀《ひろはしかねひで》という中級公家《くげ》の娘で、名を保子《やすこ》と謂うらしい。保子は一条兼冬《いちじょうかねふゆ》に嫁《とつ》いだものの、今年の早々に夫と死別した。

保子はまだ二十五歳。喪《も》が明けたばかりではあるが、父の兼秀はこのまま尼にするのも如何《いかが》なものかと思い、誰か良き再縁相手はいないかと新五郎に漏らしていたという。

「私は……」

「実はお前の名をすでに出してもうた。私の顔を立てて会うだけでも頼む」

九兵衛が断るより早く、新五郎はそのように言って拝むような恰好《かっこう》をした。全くこの人は変わっていない。呆《あき》れつつも大恩《だいおん》のある人である。九兵衛は渋々ながら了承した。

三

保子との「見合い」は茶の湯で行なうこととなった。茶室ならば身分に気を遣《つか》うことなく、主人と客という立場があるのみ。そのほうが良かろうと新五郎が気を配ってくれたのだ。

九兵衛は躙《にじ》り口から入って来た保子を見て、

——これは。

と、息を呑《の》んだ。美人という評判であったが、想像以上であったのだ。九兵衛は慌《あわ》てて我に返り、主人として作法通り迎えた。

釜の湯がふつふつと沸《わ》き始める頃、ようやく九兵衛は水を差しつつ、

「真《まこと》なのでしょうか」

と、曖昧《あいまい》に尋ねた。真に再縁の意志はあるのか。父に勧められて無理やりではないか。といった意味を含んでいる。

「正直、再縁はもうよいと思っていました」

「では、何故《なにゆえ》」

「松永様の人となりを聞き、面白そうな御方《おかた》だと興味を」

「面白味など無い男です。それに初めに話しておかねばならぬことが」

彦六とその母の話である。九兵衛は当初から全てを話すつもりでいた。彦六は母の面影を追っている。仮に保子が嫁いできても、反発するかもしれないということだ。

「止めておいたほうがよろしい」

九兵衛は茶筅《ちゃせん》を使いながら言った。返答が無かったので承知してくれたものと思っていた。

だが保子は茶を喫《きっ》した後、

「真にそれだけが理由でしょうか」

と、切り込んで来た。九兵衛は首を捻《ひね》る。

「如何《いか》なる意味でしょうか」

「松永様の胸には、今も別の御方がいるような気がしただけです」

「先妻は……」

「別の御方かも」

もうよい。そう言おうとするのを、保子は制するように言った。どうやら頗《すこぶ》る鋭い人である。長く生きていれば、二度と逢えぬとも忘れられぬ女子《おなご》の一人、ずっと気に掛かっている女子の一人くらいいてもおかしくない。九兵衛もまたそうであった。

――妻もそれに気付いていたのかもしれない。

時々、九兵衛はそう思うことがある。それが妻を苦しめて綻《ほころ》びに繋がったのではないかと。それも再縁に乗り気ではない理由の一つである。

「確かに。貴女《あなた》にはもっとよい御方がいるはずです」

九兵衛は遠回しに断り、保子もそれ以上は何も言うことなく帰っていった。

四

その翌年、新五郎が世を去った。風邪がもとであった。若い彦六とは異なり、新五郎には堪《こた》えたのだろう。九兵衛は甚助と共に葬儀に出た。

「早過ぎるだろう……」

甚助は子どもの時に戻ったようになり、周囲を憚《はばか》らず涙を流していた。

その時、保子の姿も見掛けて少し言葉を交わした。保子は来年には後奈良《ごなら》天皇の後宮《こうきゅう》に、女《にょう》房《ぼう》として出仕する予定となっているらしい。

「新五郎さんは――」

「武野様は――」

と、ふいに二人の言葉が重なり、それ以上は互いに押し黙った。きっと新五郎は再縁を持ち掛けた時には死期を悟っていたのだろう。だが何故、この二人なのか。その答えは今となっては解らず仕舞いであった。

それから三年の歳月が流れ、九兵衛は多忙な日々を過ごしていた。保子はというと、予定通り後宮に出仕したらしいが、翌年に帝《みかど》が崩御《ほうぎょ》して退下《たいげ》し、実家に戻ったと風の噂で聞いた。どうした訳か再縁していないらしいし、何故《なぜ》か己もそれが気になっていた。

永禄《えいろく》元年（一五五八）の五月、足利《あしかが》将軍家が近江《おうみ》の六角《ろっかく》氏を糾合《きゅうごう》し、京を目指して進軍を開始した。三好家も対抗するため軍勢を興《おこ》し、その中に九兵衛の姿もあった。

三好家は数では勝《まさ》るものの、相手は腐っても将軍家である。六角氏以外にも支援する者が現れ、一進一退の攻防が繰り広げられた。

保子が血相《けっそう》を変えて九兵衛の陣に駆け込んで来たのは、そのような時である。

「如何致した」

九兵衛は狼狽《ろうばい》しつつ保子を出迎えた。

「大変なことが……天魔《てんま》の所業《しょぎょう》を成そうと……」

保子は息を荒らげながら必死に訴えた。将軍足利義輝《よしてる》は戦況を打破すべく、浄土寺《じょうどじ》から北白《きたしら》川《かわ》に至るまで火を放ち、それに乗じて攻め寄せるつもりだという。懇意の公家を予《あらかじ》め逃がすため、この恐るべき策を打ち明けたのを耳にしたという。

家臣たちがすぐに足利軍の来襲に備えようとするのに対し、九兵衛は、

「まずは殿にこのことを伝えよ。我らは洛中《らくちゅう》の人々を救うことに専念する」

と、高らかに宣言した。

「よいのですか……」

保子は驚きの表情を見せた。人々を救って欲しいために来たのは間違いないが、自軍の備えよりそちらを優先してくれるとは思っていなかったらしい。

「当然です」

慌ただしく支度《したく》が整えられる中、九兵衛は凛然《りんぜん》と返した。

「もう……ご自身を許してあげて下さい」

保子は意を決したように声を絞《しぼ》り出した。

「それは……」

「全てです」

保子は多くを語らなかった。が、この鋭敏《えいびん》な人は、九兵衛の抱える苦しみの全てを見抜いているようであった。

保子の潤《うる》む目を見て感じるものもあった。この人もまた、幸せとは言えない日々を送ってきたらしい。新五郎は痛みを知る者どうしを引き合わせたのだと、ようやく察した。

「私はご子息ときっと仲良く出来ます」

保子は震える声で言った。

「そのようなことを言わせてしまうとは……情けない男だ……」

「それでも結構です」

保子は真っすぐに見つめたまま即座に返す。

「行かねば」

支度は整った。火災から民を救い出すために駆けねばならない。

「はい……」

か細く漏らして身を翻《ひるがえ》そうとする保子に向け、九兵衛はふわりと尋ねた。

「終わった時には、お迎えにあがっても？」

「お待ちしております」

保子はぱっと顔を明るくさせ、弾《はず》むように頷《うなず》いた。主君長慶の陣まで連れていき、避難させるように命じた後、九兵衛は颯爽《さっそう》と馬に跨《またが》ると、

「では、行って参ります」

と、言い残して駆け出した。この数年で保子と交わした会話は、それほど多くはない。だが思えば、共に生きた孤児たちも、本山寺の僧も、旧主元長も、そして新五郎もそうであった。心が通じ合うのに必要なのは、言《こと》の葉の数ではなかった。

とはいえ、保子とはもっと話したい。相手のことも聞きたいし、こちらも話したい。彦六の話も、甚助の話も、これまで生きて来た全てを。そのようなことを考えながら、九兵衛は人間《じんかん》に降りかかる厄災《やくさい》を振り払うべく、鐙《あぶみ》を鳴らして家臣を鼓舞《こぶ》した。


永禄元戊午《つちのえうま》年（中略）五月九日、松永彈正《だんじょう》三好日向守《ひゅうがのかみ》其外《そのほか》攝丹之《せったんの》衆、吉祥寺四條道場七條千乗寺中堂寺梅小路陣取《うめこうじにじんどり》……（『長享年後畿内兵乱記《ちょうきょうねんごきないへいらんき》』）

佐賀県

龍造寺家兼

老軀、翔ける

一

居城《きょじょう》である水ケ江《みずがえ》城の廊下を、龍造寺《りゅうぞうじ》家兼《いえかね》は強く踏み鳴らしながら進んだ。

背後から多くの家臣が縋《すが》るようにして止めるが、同時に啞然《あぜん》としているようでもあった。それもそのはずである。己《おのれ》は昨日まで病床についており、一日の半《なか》ば近く眠るような暮らしをしていたのだ。

「ご隠居様、お考え直し下され。そのお躰《からだ》では――」

「他に誰がいる」

家兼は鋭く遮《さえぎ》った。

「それは……」

「儂《わし》がやる。いや、やらねばならぬ」

己に言い聞かせるように呟《つぶや》いた。隠居したのはつい最近のことではない。家兼は龍造寺家の十三代の当主であり、すでに龍造寺家はそこから三代を重ねて、十六代当主が家督《かとく》を継いでいる。

家兼が生まれたのは、応仁《おうにん》の乱などと呼ばれる京の争乱が起こる前。今より実に九十年も昔の享徳《きょうとく》三年（一四五四）である。

己は齢《よわい》九十三となっている。このような老人が戦場に臨《のぞ》もうなど、前代未聞のことに違いなく、家臣たちが止めるのも無理はないことであった。

「具足《ぐそく》を」

「しかし――」

「早く持て！」

家兼がしわがれた声で吼《ほ》えると、家臣たちは半ば諦《あきら》めも混じったような顔になり、慌《あわ》ただしく動き出す。やがて数人の若い家臣で、己の躰を具足で固めていく。

――これほど重かったか。

内心では苦笑した。九十三歳の老軀《ろうく》には具足はやはり応《こた》える。だがここで弱音を吐《は》けば、家臣たちの反対の声は一層強まってしまうと口を噤《つぐ》んだ。

「ご隠居様！」

具足を付けている部屋に一人の若者が入って来た。

「長法師丸《ちょうほうしまる》か」

己の曾孫《ひまご》で、名を胤信《たねのぶ》と謂《い》う。齢十八の堂々たる体軀《たいく》に育っていた。すでに元服《げんぷく》は済ませているが、家兼が幼名《ようみょう》である長法師丸と呼び続けるので、困り顔をすることもある。

「私が出ます」

胤信は真っすぐにこちらを見つめて言った。

「いや、儂に任せよ」

「しかしそのお躰では……私もすでに十八。戦《いくさ》に出られます」

「戦に絶対はない。万が一、お主《ぬし》が討ち死にすれば龍造寺家はどうなる。もう誰もおらぬのだ」

家兼が言うと、胤信は唇を噛《か》み締めて項垂《うなだ》れた。

二

龍造寺家は、鎌倉以来の名門少弐《しょうに》氏の家臣である。家兼は少弐家の筆頭家臣として、若い頃から数多くの戦場に立って活躍した。

今から十六年前の享禄《きょうろく》三年（一五三〇）には、長門《ながと》周防《すおう》の大内義隆《よしたか》が一万の大軍で進軍してきたが、家兼は筑後《ちくご》川を巧《たく》みに利用してこれを撃破した。

この時ですら、すでに七十七歳である。まさに戦ばかりの一生で、ずっと主家に報《むく》いて来たのだ。

その六年後、再び大内家が攻めて来て、主君は家兼に援軍を求めた。すでに八十歳を過ぎた老人に助けを求めるほど、少弐家は弱体化していたのだ。

この時、家兼は病床にあった。それも生死を彷徨《さまよ》うほどだったのだ。

――病《やまい》にて出陣出来ませぬ。何卒《なにとぞ》、他の手立てを。

家兼は息も絶え絶えに言い、そのように使者に伝えさせた。結果、少弐家の当主であった資《すけ》元《もと》は自害してしまった。朦朧《もうろう》とする意識の中で家兼が予想するに、ここまでの大敗に至るとは思わなかったのだ。

家兼はその半年後に本復《ほんぷく》し、少弐家の跡を継いだ冬尚《ふゆひさ》を、老軀に鞭打《むちう》って支え続けた。だがこの時の事件が、龍造寺家に不幸を呼び込んだのだ。

龍造寺家と双璧《そうへき》を成す家臣に、馬場家という家がある。この当主である馬場頼周《よりちか》が、

——あの時、龍造寺家は大内に通じていたのだ。赦《ゆる》すことは出来ませぬ！

と蒸し返して、主君に龍造寺家討伐《とうばつ》を進言して容《い》れられたのだ。

当時、龍造寺家は主君の命を受けて、肥前《ひぜん》の有馬《ありま》家と一進一退の攻防を繰り広げていた。一定の成果は上げたと引き返した矢先、恐るべき報が入った。

馬場を筆頭に、八戸《やえ》、高木、神代《くましろ》、姉川、本吉、小田《おだ》、江上《えがみ》、犬塚、横岳《よこだけ》などの諸勢力が、龍造寺家の領内に攻め込んだのである。

これによって家兼の二人の息子、四人の孫が悉《ことごと》く殺された。家兼は辛《かろ》うじて逃《のが》れ、柳川《やながわ》城主である蒲池《かまち》鑑盛《あきもり》に保護して貰《もら》った。

——残るは九十の爺《じじい》だけ。何も出来まい。

馬場はそのように言ったらしく、激しい追及がなかったのは幸いであった。馬場は義憤《ぎふん》に駆《か》られて龍造寺家を攻めたと嘯《うそぶ》いているが、その実は筆頭家臣の座を奪わんとした策謀であることを、家兼は見抜いている。

だが家兼はまだ諦めてはいなかった。曾孫の一人で出家していた、長法師丸を還俗《げんぞく》させて胤信と名乗らせると、自身の臥所《ふしど》に招いて滔々《とうとう》と語った。

「野心の名を得て死ぬのは、弓取りの本意ではない。儂に野心のないことは皆が……天が知っている。もし邪《じゃ》を以《もっ》て正《せい》を謀《はか》るのであれば、儂ではなく頼周が無道《むどう》なのであり、天がもし誠を照らすというならば、虚名がいつまでも語られることはない。一旦《いったん》の心地《ここち》よきを差し置き、末《まっ》代《だい》まで二心《ふたごころ》の名を得ない事こそ本意ぞ」

胤信だけには、龍造寺家の再興の意思を伝えていたのだ。故《ゆえ》にてっきり胤信は、自分自身が兵馬を興《おこ》して馬場を討つものとばかり思っていたらしい。

己が病というのは真《まこと》であった。五十年余で寿命が尽きる者も多いのだ。人の倍近く生きて、躰のどこかに不調が無いほうがおかしい。それでも床《とこ》の中から指示を飛ばし、馬場やその他の諸勢力の様子を探らせ続けた。

そして一年経った天文《てんぶん》十五年（一五四六）の今、馬場家の守りが薄いということが伝わって来た。

――あと一度だけ。どうか皆、儂に力を貸してくれ。

家兼は心で念じると、丹田《たんでん》に力を込めて床から起き上がった。そして今に至るという訳であった。

三

「むう……」

家兼は具足を付けている最中、激しく咳《せ》き込んだ。

「ご隠居様……やはり無理が」

胤信の言葉に、家臣たちも次々に賛同する。

「なあ、長法師丸……儂は昨夜、そなたの父の夢を見た。それだけでないぞ。皆じゃ」

夢には死んだ二人の息子や、四人の孫が出て来た。

「それが僥倖《ぎょうこう》と？」

死んだ者が、夢枕に立って今が好機と示してくれている。そう家兼が言いたいのだと、胤信は取ったらしい。

「いや、そうではない。偶然というには見過ぎておる。毎夜のことじゃ」

その夢は毎日のことであった。元来、父は子より早く死ぬ。それなのに己は孫にまで先立たれてしまった。

己も非情なる戦国武将の一人である。これも乱世の常と思い極めるようにしたが、やはり己も一人の親であり、爺様《じいさま》であったということであろう。

一遍《いっぺん》に皆が死に果てたことで、心が悲鳴を上げていたのかもしれない。もう一度会いたい、もう一度語らいたい、そんな想いが湧き上がって来て布団《ふとん》を濡らした。

夢に現れる子や孫は、憤怒《ふんぬ》や、悲哀の滲《にじ》んだ顔ではない。いつも笑っていた。月日が心に刻んだのは、共に過ごした楽しい時ばかりだったのかもしれない。

「もう誰も死なせぬ。お主だけは守る」

家兼は胤信の肩に手を置くと、家臣たちを見渡しながら続けた。

「皆、これが儂の最後の戦になる。どうか力を貸してくれ」

もう誰も反対する者はいなかった。胤信も決意を汲《く》み取ってくれたようで、口を真一文字《まいちもんじ》に結んで頷く。

家兼は城を出た。これまで匿《かくま》ってくれた蒲池家からも兵馬が出ている。床の中から調略《ちょうりゃく》を進めており、龍造寺家に同情的であった少弐家臣、鍋島清房《なべしまきよふさ》らが呼応《こおう》する旨《むね》も伝わっている。

「行くか」

家兼は馬の頭を優しく撫《な》でながら言った。輿《こし》を使ったほうがよいと勧める者もいたが、

「いや、今日の儂は力が漲《みなぎ》っておる。皆が力を貸してくれているようだ」

家兼はふっと口元を綻《ほころ》ばせて断った。

鐙《あぶみ》に足を掛けて、舞うように跨《また》る。あまりに颯爽《さっそう》とした姿に、これが昨日まで伏していた老人かと驚く者あり、往年の姿を見ているようだと涙する者もいる。

「儂は命を最後まで燃やす。皆の者、続け!!」

己でも驚くほどの大音声《だいおんじょう》が出た。それに弾《はじ》かれるように軍勢は喊声《かんせい》を上げた。

老軀九十三歳。家兼は駆けに駆けた。

馬場頼周の居城である祇園岳《ぎおんだけ》城は建造の途中である。しかも馬場に合力《ごうりき》しそうな勢力は、皆揃って他国の戦いに駆り出されている。

これを好機と見たのは間違いではなく、馬場は城を捨てて綾部《あやべ》城へ逃げ出そうとした。

「逃がすな！　此度《こたび》を逃せば、儂の寿命は尽きてしまうぞ！」

家兼は呵々《かか》と笑いながら指示を出すと、家臣たちも思わず噴《ふ》き出している。だがその日に宿る闘志の炎は、さらに強まっていることを見て取った。

家兼が率いる連合軍は散々に馬場勢を追いまくり、頼周は神社内の家屋に走り込み芋釜《いもがま》に隠れたが、加茂弾正《かもだんじょう》という者が見つけて首を挙げた。頼周の子である政員《まさかず》も乱戦の最中に討ち取られ、勝負は完全についた。

「業《ごう》も儂が背負い、あの世に持っていこう」

そう胤信に言って家兼は、馬場親子の首を丁重《ていちょう》に葬った。息子である政員の妻は、家兼の孫娘であったのだ。つまりこれら全て、親族での争いということになる。

泰平《たいへい》の世に生まれていれば、こうして九十余まで生きたことを、家族が集まって祝ったのかもしれない。そんな愚《ぐ》にもつかぬことを考え、家兼は首塚に手を合わせた。

家兼が吐いた言葉通り、馬場家との合戦は生涯最後の戦いとなった。

先の戦場の勇壮な姿がまるで夢だったかのように、家兼は日に日に弱っていった。

「随分と長く居て、いらぬものも見過ぎた。そろそろ逝《ゆ》く」

枕元の胤信に向けそう言うと、家兼は静かに息を引き取った。

最後に家兼を燃え上がらせたものは、武将としての意地だと言う者もいたが、胤信にはもう少し何か優しいものであるように思えて仕方が無かった。

今年九十有余にならせ給《たま》ふ（中略）剛忠《ごうちゅう》（家兼）公御子孫御生害《ごしょうがい》のよし筑後《ちくご》国にて聞召《きこしめさ》れ御涙の水は一夜川《いちやがわ》（筑後川）のながれにひとしく御胸の煙は阿蘇《あそ》のたけよりも立《たち》のぼり……（『肥陽《ひよう》軍記』）

岡山県

宇喜多直家

宇喜多の双弾

一

遠藤喜三郎《きさぶろう》は激昂《げきこう》して床を叩いた。己《おのれ》の苦労が全て水の泡となってしまったからである。しかし喜三郎の怒りをよそに、

「そう怒るな」

と、兄の遠藤又次郎《またじろう》は苦笑しつつ宥《なだ》めた。

「すでに私が断ったのです。仮に兄上も命じられても断ればよかったのです。それを自ら申し出るなど……」

喜三郎は眉間《みけん》を指で摘《つ》まみ、深い溜息《ためいき》を零《こぼ》した。

遠藤家の本貫地《ほんがんち》は遠江《とおとうみ》であったと伝わっている。しかし、先々代の頃に戦《いくさ》によって土地を奪われて阿波《あわ》へと流れた。阿波に親類がいたというのが理由である。故《ゆえ》に又次郎、喜三郎の兄弟は阿波で生まれた。だが父の余市左衛門が主家の三好《みよし》家に睨《にら》まれることがあり、またその地を追われることとなった。以後、備中《びっちゅう》、美作《みまさか》を転々としている最中、今の主君である宇喜多直家《うきたなおいえ》に拾われたのである。

宇喜多家は元々、備前《びぜん》国邑久《おく》郡豊原荘《とよはらのしょう》を領した土豪《どごう》であったという。だが主家の浦上《うらがみ》家の内乱の中、直家の祖父能家《よしいえ》が暗殺されてしまった。それで分家に家督《かとく》を奪われ、父興家《おきいえ》は幼い直家を連れて放浪するはめとなった。その興家もまた諍《いさか》いがあって死んだ。

浦上家は当主の政宗《まさむね》、弟の宗景《むねかげ》に分かれて争っていた。直家は宗景のほうへと仕《つか》えて、御家《おいえ》再興《さいこう》に励んだのである。

「主君が如何《いか》なる人か兄上もご存知でしょう」

喜三郎は声を落とした。

直家は宗景に仕え、そこから家を再興するだけでなく、主家をも凌《しの》ぐほどになった。表向きには直家の才覚の賜物《たまもの》と言われているが、その実は悪い噂も絶えない。

祖父の仇《かたき》であった島村盛実《もりざね》、舅《しゅうと》である中山勝政、龍ノ口《たつのくち》城主の穝所元常《さいしょもとつね》も、直家の、

――都合のよい時に。

何者かによって暗殺、あるいは諍いの中で死んでいるのだ。これを直家の仕業《しわざ》だと噂する者は少なくなかったのである。その噂が、

――真《まこと》だったか。

と、喜三郎が思ったのは二十日ほど前のことであった。直家より居城《きょじょう》である沼《ぬま》城に呼び出され、今後の宇喜多家のことを相談された。一国人《こくじん》の、しかも当主の弟である己に相談するなど訝《いぶか》しいとは思ったが、話していくにつれてその理由が分かった。

今、宇喜多家は備前の大半を手中に収めている。次に隣国の美作に狙いを絞《しぼ》っている。もともと美作は、出雲《いずも》の尼子《あまご》家の勢力下にあった。だが尼子家が安芸《あき》の毛利《もうり》家に押されるようになってからは、毛利家に鞍替《くらが》えする国人衆が続々と出ている。その混乱の隙を衝《つ》き、直家は美作を少しずつ切り取っているという状況である。これに毛利の家中は、

──あの小狡《こずる》い男を許すな。

と、激怒しているという。

毛利家は従属している備中松山の城主、三村家親《みむらいえちか》に、

──美作に出て宇喜多を討て。

と命じ、三村は軍勢を興《おこ》す支度《したく》に奔走《ほんそう》しているらしい。この三村、なかなかに手強《てごわ》い男である。元は独立した大名であったが、毛利家の勢力が膨脹《ぼうちょう》するにつれてその傘下《さんか》に入った。この時に当主の元就《もとなり》が、これで備中だけでなく、美作、備前まで手に入ったも同然と語ったほどの猛将であった。

「正直、進退窮《きわ》まっておる」

直家は喜三郎に向け小声で漏《も》らした。直家は困り顔だが、それは作ったもののようにも喜三郎には見えた。また直家もそう思われるのは承知の上で、ことさらに大袈裟《おおげさ》に目鼻を動かしているようにも感じる。つまり、直家という人は腹の底が一切見えないのだ。

「如何に」

喜三郎は訊《き》いた。いや、こちらから訊くまで、直家は頑《がん》として口を開かぬような気がしたのである。

「よくぞ聞いてくれた。実はお主《ぬし》に頼みがあるのだ」

直家はまた胡乱《うろん》な笑みを浮かべつつ語った。その存念を聞き終えた喜三郎は、絞るように言った。

「それは……難しいかと」

直家の頼みを要約すると、

——鉄砲で家親を狙い撃って殺せぬか。

と、いうものであったのだ。

実は喜三郎は鉄砲の扱いが頗《すこぶ》る上手い。今では随分値もこなれてきたが、一昔前までは鉄砲は目玉が飛び出るほど高価であった。しかし畿内《きない》を牛耳《ぎゅうじ》る三好家は、その頃から多くの鉄砲を保有していた。そのため喜三郎らの父は、主君に命じられて鉄砲の修練に励まされていたのだ。

父は鉄砲の才があり、三好家の中でも指折りの達人であった。故に又次郎、喜三郎にも鉄砲を熱心に教えてくれたのだ。兄の又次郎も人並み以上には上手い。しかし、喜三郎は天稟《てんぴん》の才を持っていたようで、十二歳になった頃には父をも凌ぐようになった。父は備前に来て暫《しばら》くして他界したが、遠藤兄弟は鉄砲巧者《こうしゃ》として宇喜多家中で広まっているのだ。直家はその才を見込み、家親を鉄砲で暗殺出来ないかと持ち掛けた訳である。

正直、喜三郎は返答に迷った。ここで断れば、主君である直家の気分を害す恐れがある。遠藤家としても不利益を蒙《こうむ》るかもしれない。やりたくないから断った訳ではない。

——出来ぬものは出来ぬ。

からである。

鉄砲は確かに優れた武器である。出現によって戦の様相《ようそう》はがらりと変わった。しかし、世間が思っているほど的に当てるのは容易《たやす》くはない。火薬の量が少し変わっただけで、僅《わず》かな手の震えで、弾道は予期せぬ方向に逸《そ》れる。それだけならば支度と修練で何とかなるかもしれない。だが他にも風の影響も大いに受けるし、また気温によっても僅かながら弾は曲がるのだ。遠くから人を狙い、しかも一撃で仕留めるなど、達人であればあるほど無理だと判《わか》ってしまうのだ。しかも外せば、三村家の兵が殺到して膾《なます》の如く切り刻まれてしまう。幾《いく》ら直家の心証が悪くなろうとも、こればかりは断るほかなかった。

「なるほど。残念だ」

直家は呆気《あっけ》ないほど、あっさりと退《ひ》き下がった。

――正直に話して断って良かった。

喜三郎はそう安堵《あんど》していたのだ。このことは又次郎にも報告はしていた。遠藤家の当主は又次郎なのだから当然である。その又次郎が昨日、直家の元に赴《おもむ》いて、

――家親の件、私にやらせて下さい。

と、申し出たというのだ。故に喜三郎は頭を抱えているのである。

「宇喜多様には、阿波から流れて来た我らを抱えて下さった恩がある」

「しかし――」

なおも反論しようとする喜三郎を、又次郎はすっと掌《てのひら》で制した。

「すでに引き受けた。是非を論ずるのは止めにしよう」

確かにそれは言う通りである。ここまで来て引き下がることを直家は許さないだろう。喜三

郎は低く言った。

「判りました。ただし私も行きます。二人でやりましょう」

又次郎の鉄砲の腕は己よりも一段落ちる。己でも十に一つも成功しないだろうに、兄ならば猶更《なおさら》である。ならばせめて己も加わるほかないと覚悟を決めた。

二

三村家親は一万余の軍勢を率いて美作に入って来るつもりらしい。喜三郎らに家親暗殺の白《しら》羽《は》の矢が立ったのは、鉄砲の腕が良いからだけではない。

家親が備中成羽《なりわ》城にいた頃、遠藤親子三人はまだ流浪《るろう》の途中で、同じく成羽の知人のところに寄宿していたのだ。故に家親を何度かこの目で見たことがあったのだ。

「兄上、ここからはいつ何時《なんどき》も気を抜けませぬぞ」

美作に入ったところで、喜三郎は重々しく言った。

「おうよ」

一方、又次郎は鷹揚《おうよう》な調子で返す。兄は優しい気質であるが、どこか悠長《ゆうちょう》なところがある。それはこのような時でも変わらないらしく、喜三郎は改めて気を引き締めた。

家親の軍勢が来るより早くに美作に入り、どこに宿泊するか聞き込んだ。口の軽い庄屋に話が聞け、美作に来た時には穂村《ほむら》の興禅寺《こうぜんじ》に陣を布《し》き、そこから指揮を執《と》るのが常らしい。幸いにも興禅寺の裏は小高い山となっており、木々が生い茂っているという。

喜三郎らは興禅寺の裏山に入った。崖《がけ》といえば大袈裟《おおげさ》だが、斜面があり、上から寺の本堂が一望出来る。そこで息を殺しながら、水筒の水と、干飯《ほしいい》だけで二日待った。

三村の軍勢が興禅寺に入ったのは、八月十八日の昼過ぎのことであった。何度か家親の顔も見た。だが昼間ならばすぐに捕まってしまう。夜陰に紛《まぎ》れたほうがまだ逃げやすい。それ以前に、

――これは当たらぬぞ。

と、喜三郎は見た。思っていたよりも遠い。しかし、これ以上近づけば潜《ひそ》むところはなく、鉄砲を放つより先に見つかってしまうかもしれない。仮に見つからずとも、万に一つも逃げられまい。

一応は狙う。だが仕留められずとも逃げる。そして直家には身を低くして詫《わ》びるほかないと、喜三郎は思い極《き》めた。

夜、本堂の一室で家親は家臣たちと物語を始めた。夏は間もなく終わりを告げるが、今日は一段と蒸し暑い。いずれその時が来ると待ち構えた。

「兄上」

「解《わか》っている」

己がまず放つ。続いて又次郎が。その後は当たっていようが、いまいが、一目散《いちもくさん》に逃げる段取りを決めている。

——来た。

風が欲しくなったのだろう。家臣と思《おぼ》しき男が障子を開けた。その先、行燈《あんどん》に照らされる家親の顔をしかと目に捉えた。

喜三郎は息を止めて引き金を引いた。轟音《ごうおん》が鳴り響き、森の獣《けもの》、鳥たちがざわめく。

——外した。

自らの弾の行方が判った。家親の右に五寸ほどずれ、家臣との間を抜けていった。皆の視線が集まっていることから、柱に当たったようである。

続けて又次郎が放つはずだが、音が聞こえぬ。動揺から耳がおかしくなったのかと思ったが、そうではない。間違いなく発砲していない。

己が外したことに狼狽《ろうばい》し、撃たずに思わず逃げ出したのだろう。だが喜三郎はそれでよいと思っている。そもそも無理だったのだ。

「なっ——」

遁走《とんそう》するべく身を翻《ひるがえ》した時、喜三郎は吃驚《きっきょう》に声を詰まらせた。先ほどまでいた場所に又次郎がいない。森に向けて逃げ出している訳でもない。崖を滑《すべ》るようにし、下に降り立った瞬間だったのだ。

「兄上！」

もう声を潜めることはなく呼び掛けてしまった。だが御堂《おどう》の中は混乱の坩堝《るつぼ》と化しており、幸いにも気付かれなかったらしい。

又次郎は何も答えず、下に降りただけでなく、さらに前屈《まえかが》みの姿勢で二、三歩前へと進む。流れるような動作であった。技がどうとかではない。この状況で前に進む又次郎の胆力《たんりょく》に絶句した。

――救わねばならぬ。

喜三郎はすぐに自身の鉄砲に弾込めを始めた。又次郎が家親を討てようが、討てまいが、どちらにせよ脱出するために助けねばならないからだ。

その間も又次郎から一時《いっとき》も目を離していない。それでも人よりも遥《はる》かに速く喜三郎は弾を込められる。工程の半ばまできたその時である。

腰を据え、狙いを定めた又次郎が引き金を引いた。雷の如き音が夜天を衝く。

「あっ……」

これはと思った。喜三郎の直感は正しかった。又次郎の放った弾は、見事に家親の脳天を撃ち抜いたのである。直後、又次郎は斜面を登って逃げようとする。

追手は――。と、御堂を見た。家老格、家親の一門であろうか。皆が茫然《ぼうぜん》としていたが、騒ぎを鎮《しず》めようとしている。家親の死を隠そうとしているのだ。しかし、どこから撃たれたのか割れたらしく、数人が又次郎のいた辺りに向かって来る。

喜三郎は弾込めを終えるや否《いな》や、息を整えて鉄砲を放った。追おうとする先頭の男の胸に直撃し、後ろに吹き飛ばした。これに他の追手も咄嗟《とっさ》に地に伏せる。その間に、又次郎は斜面を登り切っている。兄弟で一瞬だけ目が合うと、何も語らずに森の中へと駆け込んでいった。

三

喜三郎、又次郎は逃げ遂《おお》せた。このことを報告したが、直家はにわかには信じなかった。三村家の軍勢に動揺が見られなかったからである。しかしこれは、三村家の重臣である三村親成《ちかしげ》が混乱を上手く纏《まと》め、家親の代わりに指揮を執ったからだと後に判った。御堂で家臣たちを鎮めていたのが、親成であったのだろう。

だが当主が殺された中、戦を続けるのは無理がある。家親の死は秘されていたが、やがて病《やまい》になったという理由で備中松山へ退却した。

そこで家親の死が公にされ、ようやく直家は、

「よくやってくれた」

と、口辺《こうへん》に皺《しわ》を作ったのである。

鉄砲での暗殺は、恐らくは日《ひ》ノ本《もと》で初のこととなるだろう。直家も自らが命じておきながら、十中八九は失敗に終わると思っていたらしい。もしかすると失敗しても、

——こうして付け狙うぞ。

と家親を脅《おど》し、動揺を誘うのが狙いだったのかもしれない。

「何故、兄上は下に降りた。いや……何故自ら申し出たのだ」

落ち着きを取り戻した時、喜三郎は訊いた。

下に降りた理由は明確で、あそこまで近付いて初めて、家親に当てられる見込みが高くなることは喜三郎も気付いていた。ただそれだと逃げられないから止めただけなのだ。そもそも又次郎が志願したのは、命を捨ててでもやり遂げるつもりだったのではないか。それが何故か喜三郎には解らなかった。

「あのような殿だ。断ったままにしていれば、喜三郎はもう生きておらぬかもしれぬ」

又次郎は苦く笑った。直家は疑い深い。そして身内ですら殺す冷酷さも持ち合わせていると、又次郎は見ている。それ自体はこの乱世を生き抜くためには仕方ないと思いつつ、いざ弟がその標的となればまた別。喜三郎が暗殺計画を持って三村家に走ることを恐れ、必ずや始末してくると思い、己が代わりを務めると申し出たというのだ。

「当初は死を覚悟していた。だがお主が付いて来てくれると言った時から、これは逃げ遂せられるかもしれぬと思ったのも真よ」

又次郎は目尻に皺を寄せた。技では兄より勝っていると自負しているが、優しさを秘めた強《きょう》靭《じん》な心では生涯敵《かな》わぬ。喜三郎は込み上げるものを必死に堪《こら》えながら、何度も無言で頷いた。

三村家親此度《こたび》は穂村の興禅寺を本陣として其邊に皆々軍兵《ぐんびょう》ども陣取ける常に其寺の便宜案内はよく知りたれは敵陣の間を忍ひ入《いり》て兄弟申合《もうしあわせ》鉄砲にてねらひ……（『備前軍記』）

滋賀県

石田三成

四杯目の茶

一

天正《てんしょう》元年（一五七三）の秋も深まっている。周囲は鬱蒼《うっそう》と茂る森であることから、寺内のあちこちに赤く染まった葉が落ちている。

それを竹箒《たけぼうき》で掃《は》き清めていた佐吉《さきち》は、鳥の囀《さえず》りに誘われてふと空を見上げた。ここのところ曇天《どんてん》が続いていたが、今日は青が滲《にじ》んだような高い秋の空をしている。

近江《おうみ》国伊香《いか》郡古橋《ふるはし》村に程近いこの寺を、法華寺三珠院《ほっけじさんじゅいん》と謂《い》う。己《おのれ》は坂田《さかた》郡石田村の豪族の次男に生まれ、今年で齢《よわい》十四となる。次男がこのように寺に入れられることは珍しいことではない。

先祖の供養をするためという意味もあるが、乱世の中で嫡男《ちゃくなん》に万が一のことがあれば還俗《げんぞく》して後を継ぐ。弱小の豪族ほど、兄弟を一所《ひとところ》に置いておくのは危険である。石田家も舵取《かじと》りを誤れば、吹けば飛ぶような小さな家なのだ。

「もう終わりそうだな」

声を掛けられ、佐吉は深々と礼をした。この寺の住職で、師でもある倫恵《りんけい》であった。

「はい」

「他の者はあれこれ零《こぼ》しているが」

決して強くはないが、間断《かんだん》なく爽《さわ》やかな秋風が吹いている。それが折角《せっかく》集めた落ち葉を乱れ散らすと嘆いているらしい。

「風上から集めれば良いと思いました」

「なるほど。相変わらず賢《さか》しいな」

倫恵は眉《まゆ》を開いた。己は物心ついた頃よりずっとそのように言われ続け、それはこの寺に来てからも変わらない。

「倫恵様」

ずっと心に引っ掛かっていることがある。寺には他の僧、寺男、小坊主などもおり、なかなか二人きりになる機会はない。今は二人であるので、この際だから話そうと佐吉は思った。

倫恵はそれが何かすぐに悟《さと》ったらしく、鷹揚《おうよう》に首を横に振った。

「心からそう思った時で良いのだ」

仏門に入るのは、という意味である。

佐吉はこの寺に来て二年経つが、まだ仏門に入っておらず、頭も剃《そ》り上げないままであった。

武士が次男、三男を寺に入れる事情を汲《く》んで、いつ何時還俗するかもしれないと考えていることもあろう。だが己のある想いが、倫恵にそう言わせていると感じていた。

古橋村から山道を進み、急に開けたところに三珠院はある。野面積《のづらづ》みの石垣、空堀《からぼり》なども施されており、有事の際には砦《とりで》にもなる構造となっている。

反対に寺から見れば、外界に続くのは一本の山道だけ。寺に来て間もなく、佐吉が茫《ぼう》とそれ

を見つめていた時、

――世に出たいのか？

と、倫恵が尋ねて来たことがある。

佐吉は即座に答えなかった。己でも自身の気持ちを上手く言い表せない。武士に生まれたのだから、出世したいという単純なものとも違うように思う。ただ漠然《ばくぜん》とであるが、

――何か物足りない。

という想いがあるのだ。この寺にいる限り、特段難しいと思えることはない。このような掃除だけでなく、経典に関しても難解と思ったことはなかった。それは虚《むな》しいことでもある。未《いま》だ知らぬ難題にぶつかり、それを乗り越えていく。それこそ人の一生の醍醐味《だいごみ》ではないかと思ってしまうのである。

もっとも仮に還俗することになっても、石田家のような小豪族では何が出来るという訳ではなく、心のどこかで諦《あきら》めている己もいる。

それでも真摯《しんし》に聞いてくれる倫恵には、そのような想いを包み隠さずに伝えたことがあった。すると倫恵は、仏門に入るのはまだ先で良いと保留してくれたのだ。気を悪くさせたのではないかと思ったが、どうもそういう訳ではないらしい。故《ゆえ》に佐吉は前髪を落とさず、剃り上げるでもなく、この三珠院にいるのである。

「何故《なにゆえ》、そこまで私に……」

甘く接してくれるのか。倫恵はその意味も察し、優しい口調で話しかけた。

「ふむ。何故であろうな」

倫恵は顎《あご》に手を添え、抜けるような空を見上げて続けた。

「ただお主《ぬし》は、どうもここで生涯を閉じるようには思えぬのだ」

佐吉が思っている漠然とした想いと大差はない。理由は特になく、勘に近いと倫恵は笑ったので、佐吉もふっと頬《ほお》を緩《ゆる》めた。

己にどのような将来が待っているのか。世に出る機会があるかもしれないし、はたまた勘は外れてここで生涯を終えるかもしれない。ただいつの日か、あの山道を通って誰かが迎えに来るのではないか。そんな気がずっとしているのも確かである。

二

北近江に新たな領主が誕生した。飛ぶ鳥を落とす勢いで成長する織田家の将で、名を羽柴《はしば》秀吉と謂う。

何でも百姓から身を起こしたらしい。その一事でも織田家が、いかに身分を問わず人材を登用しているかということが解《わか》る。

秀吉は百姓の出であるため譜代《ふだい》の家臣が少ない。故に狩りなどのついでに領内を見回り、これはと思う者は登用しているらしい。

「羽柴様がここで休息を取られるそうだ」

ある日、倫恵がそう言ってきた。いつかと聞けば、三日後のことだという。それを聞いた佐吉の第一声は、

「不用心なことです」

というものであった。万石《まんごく》の大名となったからには、付け狙う者が出て来てもおかしくない。事前に行程を漏らすのは危険だと思ったのだ。

別に秀吉を批難している訳ではない。上手く取り計らわない家臣たちが悪いと感じたのである。

「お前というやつは」

倫恵は苦笑を浮かべた。

「小賢《こざか》しくて申し訳ございません」

佐吉は頭を下げた。幼い頃から賢しいと言われてきたが、同時に頭に「小」を付けて、そのように揶揄《やゆ》されたことも多々ある。

「接待を手伝ってくれ」

「私でよろしいので？」

「羽柴様は面白い御方《おかた》と聞く。何かが起きるような気がしてな」

倫恵は悪戯《いたずら》っぽい笑みを見せた。やはり根拠はないという。

「また勘ですか？」

佐吉は無愛想《ぶあいそう》などと謂われるが、倫恵にはこのように軽口を叩《たた》くほどに心を許している。

「勘を馬鹿にしてはいかぬぞ。人には元来そのような力が備わっておる」

「確かに虫の知らせなどとも申します」

「それよ、それ。大層悩んだところで人の知恵には限りがある。最後は心のままに動くが最も納得のいく一生を送れる」

「そのようなものですか」

首を少し捻《ひね》る佐吉に対し、倫恵は、

「かつてお主が言った、『難題』が出てくるかもしれぬぞ」

と意味深長なことを口にし、深い皺《しわ》を浮かべてその場を後にした。

三

秀吉の一行が三珠院を訪ねたのは、予定通り三日後の昼下がりのことであった。

――これが羽柴様。

噂に聞くように小男である。

織田信長からは「猿」などと呼ばれているらしいが、確かに彷彿《ほうふつ》とさせるところはある。ひと際《きわ》声が大きいだけでなく、底抜けに陽気で、どちらかというと佐吉は苦手な印象を受けた。

「倫恵殿、すまぬな」

秀吉はしっかりと名を覚えており、快活な調子で倫恵に話しかけた。

「末寺であるため大したもてなしも出来ませぬが、茶なりとともにお過ごし下さい」

「それは助かる！　ちょうど、喉《のど》がからからであった」

秀吉は自らの手で大袈裟《おおげさ》に喉を摑《つか》む。その仕草がおかしく、家臣たちも朗らかに笑った。こうして秀吉は寺の一室に通された。

控えの間で茶を点《た》て、秀吉のもとに持っていくのが己の役目となっている。

――喉が渇いている……か。

佐吉はふと考え、茶釜に水を差した。手伝いの茶坊主たちは驚いて止めようとする。温《ぬる》い茶など出せば咎《とが》められると思ったのだろう。だが佐吉は構わずに茶を温く、しかも茶碗になみなみと入れて、秀吉のもとへと運んでいった。

秀吉は倫恵と歓談しており、茶を差し出した時には軽く礼を言ったが、己などには当然興味はないようで話を続ける。

「む……」

秀吉の表情が変わったのは、茶碗を手にしたその時である。少し口を付けてさらに唸《うな》った。

「如何《いかが》なさいましたか」

尋ねた倫恵は、脇に控える己を横目でちらりと見た。何か仕出かしたのではないかと咎める目ではない。ほれ見ろ、何かが起こったという得意げな目である。

「いや、もう一杯貰《もら》えるか」

秀吉はあっという間に茶を喫《きっ》すると、己に向けて微笑《ほほえ》みかけた。佐吉は礼をして下がり、再び茶を用意する。今度は先ほどよりもやや熱く、量は少し減らした。

「すまぬな」

再び運ぶと、秀吉は先ほどよりもはきと礼を言った。そしてやや時を掛けて茶を喫し、茶碗の縁《ふち》を懐紙《かいし》で拭《ぬぐ》った。

「お主、名は？」

倫恵が頷くのを確かめ、佐吉は名乗った。

「石田佐吉と申します」

「石田、石田……石田正継《まさつぐ》殿の一族か？」

驚くべきことに、秀吉は名もなき小豪族である父の名を記憶していた。

「我が父です」

そこで倫恵がここに己がいる経緯を説明する。秀吉は一々頷いて耳を傾けた後、茶碗を一瞥《いちべつ》して言った。

「佐吉、もう一杯貰えるか」

「畏《かしこ》まりました」

佐吉は部屋から下がると、三度目の茶を点てながら考えた。

――これが正解であろう。

今までで最も熱く、量も茶碗の三分の一ほどである。

秀吉は運んでいった茶を見て満足そうに頷くと、今までで最も時を掛け、嚙《か》むようにして茶をゆっくりと嗜《たしな》んだ。

秀吉は喉が渇いていると言っていた。故に初めは一気に飲めるように温く、たっぷりの量を提供した。そこから喉の潤《うるお》いに応じ、少しずつ熱く、少しずつ量を減らしていったのだ。

秀吉にもこちらの意が通じたようで、満足そうにしている。これで倫恵の顔に泥を塗らずに済んだと、安堵《あんど》していた佐吉に対し、秀吉は己の腹を摩《さす》りながら意外な一言を発した。

「さて……佐吉。もう一杯貰えるか」

「え……」

これは想定外のことである。驚きのあまり思わず口から零れた。

「四杯目ということになるな」

秀吉は片笑《かたえ》み、倫恵は真っすぐな目を向けて見守る。

「暫《しば》し……お待ちを」

思考が激しく巡る。三杯目の茶はこれ以上熱く出来ないというほど熱くしたし、あれ以上量を少なくするのも難しいほど少量であった。それと同じものを用意すればよいのか。いや、それが答えとはどうしても思えない。

——如何《いか》にすれば喜んで頂けるのか。

音がなるのではないかというほど頭の中で考えを旋回《せんかい》させるが、答えらしきものに辿《たど》り着くことも出来ない。佐吉はぐっと歯を食いしばると、己の短い生涯において初めてであろう言葉を口にした。

「如何なる茶をお望みでしょうか。お教え下さい」

これを問うということは、接待者としての己の敗北である。だが、相手が望まぬものを出す訳にはいかないし、これ以上待たせる訳にもいかなかった。

「ふむ。では二杯目と同じものを」

「承りました」

佐吉は唇を真《ま》一文字《いちもんじ》に結んで頭を下げると、別室に移って茶の用意をした。その途中も、この答えに辿り着く道はなかったのか。秀吉の仕草、言動に手掛かりはなかったか。そのことばかりが脳裏を駆け巡っていた。

「どうぞ」

茶を運んでいくと、秀吉は深く頷いて茶を飲み干した。もう四杯目である。腹が一杯にならぬのであろうか。佐吉の頭の中を覗《のぞ》いたかのように、秀吉は苦笑しながら言った。

「もう腹が一杯じゃ」

「厠《かわや》は……」

「ふふ。そのような意味ではない」

秀吉は手で制すると、笑みを浮かべながら続けた。

「相当に機転が利くようだな」

「滅相《めっそう》もございません」

「謙遜《けんそん》するでない」

「小賢しいとよく言われます」

「そうか。三杯目までは儂《わし》もそう思った。故に少し意地悪をしてしもうた」

秀吉は精悍《せいかん》に日焼けした頬を緩めた。

「申し訳ございません」

「いや、見事よ」

四杯目はこちらから尋ねたのに、何故褒《ほ》められるのか佐吉には解《げ》しかねた。

「己の我執《がしゅう》を捨て、恥を掻《か》いても、どのような茶が良いか尋ねたではないか。相手をもてなそうとする根本《こんぽん》を忘れなかった証左《しょうさ》よ」

秀吉は白い歯を覗かせて、倫恵に向けて言葉を継いだ。

「面白い」

「お目に適《かな》いましたか」

倫恵も穏《おだ》やかな笑みを見せる。

「佐吉、羽柴家へ来ないか。難しいことがごろごろと転がっておるぞ」

今日秀吉がこの寺に来たのは偶然ではなく、倫恵が己の話をしたのだと悟った。倫恵は己で決めよと言いたいのだろう。やはり陽《ひ》だまりの如き笑みを浮かべたまま頷く。

佐吉は深く息を吸い込むと、腹に力を込めて凛然《りんぜん》と言い切った。

「お願い致します」

「よし」

秀吉は相好《そうごう》を崩すと、己の肩をぽんと叩いて続けた。

「まずは小姓組《こしょうぐみ》に入れ」

「小姓組……」

「今は三人だが、お主のように目ぼしい者をどんどん加えるつもりだ。一筋縄《ひとすじなわ》ではいかぬ者ばかりになるだろう」

秀吉は自らの唇《くちびる》に指を添えて、しっと息を吐いた。

「茶は三杯目まで。四杯目は内密にしておこう。真意の解らぬ青二才ばかり故、お主が侮《あなど》られても可哀《かわい》そうだ」

「そのような……」

それを認めれば秀吉の小姓組を侮ることにもなる。加えて己を飾ろうなどとは露程《つゆほど》も思わなかった。

「いや、本当なのだ。市松《いちまつ》などはもう馬鹿で、短気で、勇敢とはいえ馬鹿で困っている」

「今、二度も……」

「おお、儂の縁者なのだがな」

秀吉は口を手で押さえて呵々《かか》と笑ったが、やがて真剣な、それでいて優しげな目を向けて続けた。

「きっと一人では成せぬような『難題』を、共に乗り越えてゆく仲間となる」

躰《からだ》の芯から何か熱いものが込み上げてきて、佐吉は勢いよく頷いた。己には如何なる将来が待ち受けているのか。そして小姓組の面々はどのような者たちであろうか。考えたところで答えが出るはずはない。

とてつもない苦難があるかもしれない。だが、悪い一生にはならぬのではないかという気がしてくる。理由はなく、それがただの勘であることに気付き、佐吉は唇を微《かす》かに綻《ほころ》ばせた。

石田大いなる茶碗に、七八分《ぶ》にぬるく立《たて》て持ちまゐる。秀吉之《これ》を飲み舌を鳴らし、気味《きみ》よし今一服《いつぷく》とあれば、又立て之を捧《ささ》ぐ。前よりは少し熱くして、茶碗半《なかば》にたらず、秀吉之を飲み又試みに今一服とある時、石田此《こ》の度《たび》は小茶碗《しようちやわん》に少し許《ばか》りなる程熱く立て出《いだ》す。秀吉之を飲み……（『武将感状記』）

大分県

戸次道雪

雷神の皮

一

心地《ここち》よい風に葉が揺れ、狭間《はざま》から煌《きら》めく陽の光が零《こぼ》れてくる。常ならば囂《かしがま》しいと思うはずが、蟬《せみ》の鳴き声も気にはならなかった。

戸次《べっき》鑑連《あきつら》は木陰で寝そべり、青葉のさざめきに身を委《ゆだ》ねていた。時折、このように独りになり、何も考えない時を過ごすという癖を持っている。行き詰りを感じた時などは特にそうで、こうすればふと妙案が浮かぶことを知っているのだ。

鑑連の主家は大友家と謂《い》う。豊後《ぶんご》国を本拠に勢力を伸ばしており、九州では有数の大大名であった。しかし大友家の伸張を警戒する者は多く、四方に手強《てごわ》い敵を抱えている。また当主である大友義鑑《よしあき》と、嫡男《ちゃくなん》義鎮《よししげ》が不仲であり、家中は二派に分かれて水面下で争うという内憂《ないゆう》も抱えている。そのようなことから大友家を取り巻く状況は、決して楽観視出来るようなものではなかった。

鑑連は当年で齢《よわい》三十五となる。十四歳での初陣《ういじん》を皮切りに、未《いま》だ一度たりとも戦《いくさ》で負けたことはない。当初は己《おのれ》でも気づかなかったことであるが、

——どうも俺は天賦《てんぷ》の戦の才を持っているらしい。

のである。戦機を捉えて崩すだけではないかと鑑連は思うのだが、どうもそれが難しいらしく、端目《はため》には己は神懸かったように映るらしいのだ。

――だが年々、厳しくなる。

鑑連は思い悩んでいた。近年、敵が手強く感じるようになっている。思い当たる理由はあった。昔は敵も己のことを青二才だと侮《あなど》っていただろうが、鑑連の勇名が轟《とどろ》いている今、油断するような者はいない。むしろ他の将と当たる以上に警戒の念を強め、また己を討って名を上げんと意気込んでいる者ばかりであった。

「やはり戦とは心……よな」

鑑連は頭の後ろで手を組み、夏風に溶かすが如《ごと》く独り言《ご》ちた。

戦の勝敗は兵の強さで決まる。その強弱とは躰《からだ》の強さ、あるいは武技の差であると思っている者が多い。だが大人の力にそこまで差がある訳ではないし、衆の中では個などは埋没してしまうものだ。相手の心をへし折れば、いかな強靭《きょうじん》な敵でも半分の力も出せない。覚悟を決めた者は強い。近年、鑑連が当たるのはそのような強敵ばかりになっている。また己の戦振りを分析されていることも、手を焼く原因の一つとなっていた。

――いつか来る。

大友家としても、ここぞという大戦《おおいくさ》に鑑連を投入するようになっている。今はまだよい。だがいつか必ず、絶対に負けられない戦い、一度の負けが家の存亡に関わるような戦いが訪れるだろう。その時に己はこれまでのように勝てるのか。それを危惧《きぐ》しない日は一日としてなかった。

「雨……か」

頬《ほお》に落ちて来た雫《しずく》を拭《ぬぐ》った。通り雨であろう。ぽつぽつとしたものが、やがて沛然《はいぜん》とした驟《しゅう》雨《う》へと変わった。

「濡れるか」

鑑連は苦笑して立ち上がった。もはや濡れるのは仕方がない。まもなく雨に気付いた家臣が迎えに来るだろう。それまで今少し独りでいたかった。

「如何《いか》にすればよい」

雨中、鑑連は腰の刀を抜くと、己の中の迷いを断ち切るように鋭く振った。

「大友存亡の秋《とき》にお前は勝てるか」

自らを叱咤《しった》し、また振り下ろす。

その時である。轟音《ごうおん》が耳朶《じだ》に響き渡り、眼前が白亜《はくあ》に包まれた。躰に衝撃が走ったと思ったのも一瞬、躰が宙を舞っているのか、地に叩《たた》きつけられたのかさえも覚束《おぼつか》ない。

「――の、殿、殿！」

鑑連の目の前に、家臣の歪《ゆが》んだ顔があった。どうやら己は気を失っていたらしい。家臣は己が目を覚ましたことで、滂沱《ぼうだ》の涙を流しながらも喜色を浮かべた。

「俺は……な……にが……」

「雷が落ちたのです」

先ほどまで己がその下にいた大木が、視野の端に映る。とてつもなく巨大な鉈《なた》に裂かれたように真っ二つになっており、未だ雨は降っているというのに焔《ほむら》が揺らめいていた。

「すぐに屋敷へ」

家臣が担《かつ》ごうとした時、鑑連はあることに気が付いた。

「脚《あし》が動かぬ……」

「な……」

家臣は絶句して顔を青くした。これは一時のことか。あるいは生涯に亘《わた》ることか。そもそも今現在も、どうやら己は生死を彷徨《さまよ》いかねぬ重傷らしい。

――皆がそう思うだろう。

頭だけは冴《さ》えわたり、このような時にも拘《かか》わらず、鑑連は今後のことを早くも考え始めている。

二

黄金《こがね》に輝く稲穂が風に靡《なび》き、その上を赤蜻蛉《あかとんぼ》が群れ飛んでいる。長閑《のどか》な光景であるが、戦に向かう途中である。

あの雷が落ちた日から二十年の月日が流れ、入道して名も鑑連から道雪《どうせつ》に改めた。だがあの衝撃のせいで脚が萎《な》えてしまい、未だ戻らない。故《ゆえ》に今も馬ではなく、輿《こし》に乗って行軍しているのだ。

とはいえ、道雪の武勇まで萎えた訳ではない。あの日以降もただの一度も敗れたことはない。屈強な若者五十人に交互に輿を担がせ、時には敵陣に乗り込んで指揮を振るった。事故のことも相まって、人は己のことを、

——雷神。

と呼称するようにもなっている。道雪の名は四海《しかい》に轟き、遠く甲斐《かい》の武田信玄《しんげん》までもが、

——死ぬまでに一度お会いしたいもの。

と言っていると伝わっている。武勇が知れ渡るということは、戦場でも大いに役に立った。

門司《もじ》城の戦いで小早川隆景《こばやかわたかかげ》率いる毛利《もうり》軍と戦った折、道雪は弓の達者を選び抜き、雨の如く矢を降らせた。その矢に朱で「参らせ戸次伯耆守《ほうきのかみ》」と書かせておいた。

道雪が先陣に現れたことを知った毛利軍は恐慌《きょうこう》し、とても戦う状態ではなくなり撤退を始めた。名だけで敵を追い払ったのだから、まさしく雷名《らいめい》と呼ぶに相応《ふさわ》しい。

——不運なことだ。

事故の後、輿に乗って戦に出るようになっても、皆が己のいないところで言っているのは知っていた。輿でも人並み以上に戦えるならば、五体満足で馬を駆《か》ればどれほど活躍出来たか。そう思うのは無理もないことだろう。

「俺には雷神が宿ったのだ」

道雪は皆に心配をかけぬよう嘯《うそぶ》いた。あの時に振っていた「千鳥《ちどり》」と謂う名の刀も、それを機に「雷切《らいきり》」と改め、全く気にしていない風に知らしめた。それでも哀れみの目はすぐには消えなかった。故にさらに、

「しかし大友家の危機が訪れた時、必ずや雷神は俺の脚を動かす。その時のため力を溜めよと命じているのよ」

呵々《かか》と大笑し、皆に希望を与えるようにしたのである。

道雪がそう振る舞い、しかも連戦連勝を重ねるものだから、一年、また一年と経つごとに皆がそう信じ込んでいくようになった。それはやがて敵にも伝わった。

――戸次はそのように強がっているようだ。

そう嘲笑《あざわら》う者も多いと聞く。だがそれも道雪にとっては気にならない。勝手に言わせておけと思っている。

「いよいよです」

馬上から声を掛けたのは、由布《ゆふ》惟信《これのぶ》である。武勇の誉《ほまれ》高く、戸次四天王の筆頭に数えられている。行軍中に話しかける時も、馬を降りる必要はないときつく命じている。

「気を引き締めねばな」

道雪は深く頷《うなず》いた。此度《こたび》の敵は秋月種実《あきづきたねざね》である。本姓は大蔵《おおくら》氏。中国の漢王室の末裔《まつえい》と称する名族である。大友家に服していたのだが謀叛《むほん》した。かつて父の文種《ふみたね》は大友家に攻め滅ぼされており、その怨恨《えんこん》が理由だと噂されている。

だが訳はどうでもよい。問題は中国から九州に勢力を伸ばそうとする大大名、毛利家が支援の構えを見せていることだ。これまでも大友と毛利は度々激突している。毛利の軍勢が到着するまでに秋月を叩く必要があった。

「さてやるか」

戦場に着くと、道雪は輿の上で軍扇《ぐんせん》を手に打ち付けながら静かに言った。

甘水《あもうず》・長谷山《はせやま》で秋月勢の先兵を粉砕すると、翌日には支城である邑《ゆう》城を攻略。さらに軍を進め休松《やすみまつ》城に猛攻を掛けて落とし、守将の坂田諸正《もろまさ》を自害に追い込んだ。

そのまま休松城近くに陣を布《し》き、次に古処山《こしょさん》城攻略を目指した。しかし古処山の守りはこれまでより遥《はる》かに堅い。

「毛利はまだ来ぬ。ここは時を掛けるべきよ」

他の大友家の将は焦って兵を叱咤したが、道雪はそう主張した。まだ十分に間に合う。秋月に止《とど》めを刺すためには、ここで兵を損じる訳にはいかないと考えたのだ。

――毛利家が九州に上陸とのこと！

物見が近隣の噂を聞きつけて来たのは、それから間もなくのことであった。

「流言《りゅうげん》よ。落ち着け」

道雪はそう言ったものの、他の将が慌《あわ》てふためいた。その様子を見た大友氏傘下《さんか》の豊前《ぶぜん》、筑《ちく》前《ぜん》、筑後《ちくご》の国人《こくじん》衆は激しく動揺し、適当な理由を述べて自領に逃げ去ってしまった。

「ここは撤退すべきだろう」

戦は押すだけでなく、時に退《ひ》くことも必要だと熟知している。ここが引き際だと考えたのだ。退く大友勢に勇気を得た種実は、自軍の全兵力である一万二千を総動員し、追撃に出た。

「ほれ、来たぞ。潰《つぶ》せ」

他の隊が前後不覚で豊後に逃げ帰ろうとする中、道雪だけは吉光《よしみつ》と謂う地に、三千の兵を伏せて待ち構えていた。

見事に道雪の采配《さいはい》は嵌《はま》り、秋月軍は進軍を止める。あと一歩で崩れるとみるや、道雪はさらに後陣の内田鎮家《しげいえ》、堀安芸守《あきのかみ》ら兵六百に合図を出した。二千を超える軍旗を上げさせ、援軍が着いたかのように装わせたのだ。

これに驚いた秋月軍が大混乱に陥《おちい》ったところに、道雪は自ら乗る輿も進めさせて蹂躙《じゅうりん》した。

三

翌日の夜半、夕刻から降り始めた雨はどんどん強くなり、風も吹き始めた。夜でも解《わか》るほど天を黒雲が覆い、雷光も迸《ほとばし》っている。

そのような中、種実は二千の軍勢と共に夜襲を決行した。道雪に正面から当たるのは無理と考え、他の将である臼杵鑑速《うすきあきはや》、吉弘鑑理《よしひろあきただ》の陣に突撃したのである。ここが崩れれば流石《さすが》に道雪も為《な》す術《すべ》はなく、大友軍は総崩れになると見たのであろう。

「手強い男よ」

報に触れた道雪は歯を食い縛《しば》った。種実の見通しは決して間違っていないのだ。このままだと大友軍は崩れる。崩れれば秋月軍は大友家の本拠までなだれ込み、そこに毛利軍が駆け付ければ、近隣の国人たちもこぞって大友家に反旗を翻《ひるがえ》す。つまり負ければ滅亡もありうる、大友家始まって以来の危機と言っても過言ではない。

「殿！　このままでは――」

ずぶ濡れになった由布が叫ぶも、雷鳴に遮《さえぎ》られて宙に掻《か》き消えた。

「馬を曳《ひ》け」

「は……」

「馬を曳くのだ！」

道雪の剣幕がただ事ではなかったため、すぐに馬が曳かれてきた。

――行けるな。

道雪は己の脚を摩《さす》って心中で呼びかけると、輿から馬の鞍《くら》へと身を移した。脚を鐙《あぶみ》に掛けたところで、茫然《ぼうぜん》としていた配下たちから喚声が上がった。

「雷神が目覚めた。今こそ大友家を救えと仰《おお》せだ！　行くぞ！」

道雪は腰の雷切を抜き、高らかに吼《ほ》えた。同時に、それに応えるかのように稲妻が天を駆け巡る。

「殿が馬に！」

「雷神が目覚めた！」

「味方の勝ちだ！」

配下は口々に喚《わめ》きながら秋月軍に突貫する。それが秋月軍にも伝播《でんぱ》し、噂は真《まこと》だったか、雷神には敵《かな》わぬなどと泣き叫んで逃げ出す。中には槍を放り出して逃げる者すらいた。

道雪も自ら馬を乗り入れ、雷切でもって七人の武者を斬り倒した。

こうして秋月軍は反対に崩れ、辛《から》くも大友軍は虎口《ここう》を脱することが出来たのである。

戦が終わると、由布が駆け付けた。

「殿！　脚は――」

道雪は小刻みに首を振って制し、手で由布を近くに招き寄せて囁《ささや》いた。

「輿を用意しろ。限界だ」

「やはり治った訳ではないのですね」

輿に移し終えると、由布も小声で尋ねる。

「実はな……皆には秘密で、ずっと歩く訓練をしていた」

道雪は由布だけには真のことを語った。

確かに近くに雷が落ちたことで、己の脚は動かなくなった。だが道雪は前向きであった。

毎夜、欠かさずに脚を摩り、誰もいない自室で独り、初めは壁に手を突いて、決して諦《あきら》めずに訓練をし、今では半町ほどならば歩けるほどになっており、短い時ならば馬にも乗れると確信していたのだ。

「なるほど」

「敵もまた油断するだろうとな」

確かに己には戦の才がある。だが勝ち続けることの弊害《へいがい》を感じていた。事故に遭《あ》って歩けぬとなれば、それを弱点とみて、また油断する者も現れるだろうと考えたのだ。

「さらに次に馬に乗る時は、殿に雷神が宿る時……そう植え付けることで味方も鼓舞《こぶ》されたということですな」

由布が言うと、道雪は口元を綻《ほころ》ばせて頷く。

「ああ、真の危機が来た時、切り札として使おうとな」

「雷神の皮を被《かぶ》っておられたということですか。しかし、歩けるようになるという確信があったので？」

「いいや。だが諦めるつもりもまた無かった。たとえ歩けぬままだとしても、俺には落ち込んでいる暇はないのよ」

大友家は多くの外敵内憂を抱えている。家の存亡をかけた真の戦いは、これからも続くのである。それでも道雪はこの命のある限り、使えるものは全て駆使し、前を向いて進んでいく覚悟である。

「だが後世の者は、己が歩けるのか、歩けないのかと首を捻《ひね》るだろうな」

道雪が悪戯《いたずら》っぽく笑うと、由布も頬を緩《ゆる》めた。

「それでこそ殿は伝説の将に」

「ふふ。それもまたよいか」

戦の最中に立ち込めていた雷雲はすっかり流れ去り、空一面に星が瞬《またた》いている。道雪は己の脇においた雷切に手を添え、過ぎ去りし雷神に心中でそっと礼を述べた。

鑑連是《これ》を見て、（中略）逃来《にげきた》る御方《みかた》を扶《たす》け、真先《まつさき》に進み、自身鎗《やり》おっ取《とり》、追来る敵を待受突倒《つきたお》す

……（『筑前国続風土記《ぞくふどき》』）

三重県

北畠具教

何のための太刀

一

同じ伊勢《いせ》国とはいえ、温暖な海のそばと異なり、山間《やまあい》の三瀬《みせ》は冬ともなれば日中でも底冷えする寒さである。

北畠具教《きたばたけとものり》は縁《えん》に腰を掛け、枯木の茂る山々を見つめながら、白い息を宙へと溶かした。

――己《おのれ》に生きている意味はあるのか。

近頃、そのことばかりが頭を過《よぎ》る。

北畠家は由緒ある家だ。戦国の世にあっては素性《すじょう》も知れぬ者が、やれ源氏、やれ平氏、あるいは藤原の血を引いているなどと宣《のたま》っているが、そのようなものとは全く違う。

歴と村上源氏中院家《なかのいんけ》の流れを汲《く》み、南北朝の頃には南朝の後醍醐《ごだいご》帝を忠臣として支えた。南北の朝廷が一つとなった後は、国司として伊勢に勢力を築き、世が乱れてからも大名としてこの地を治めた。公家《くげ》から戦国大名になった極めて珍しい家である。

具教はその北畠家八代目当主であり、家督《かとく》を継いでからというもの、近隣の諸勢力を切り従え、

――北畠家中興《ちゅうこう》の祖。

との呼び声も高かった。

だが、八年前の永禄《えいろく》十一年（一五六八）。具教の勢いは挫《くじ》かれることとなった。尾張《おわり》の織田

信長が伊勢に侵攻を始めたのである。

始めは一進一退の攻防を繰り広げていたものの、やがて徐々に押されていった。最後は本拠の大河内《おかわち》城で五十日に亘《わた》る籠城戦に及んだが、これ以上の抵抗は無駄と悟って降伏勧告を呑《の》むこととなった。

結果、信長の次男の茶筅丸《ちやせんまる》が具教の娘を娶《めと》り、北畠家を継ぐこととなった。北畠家は織田家に乗っ取られる形となったのである。

しかし、具教は反撃をまだ諦《あきら》めてはいなかった。織田家を倒して上洛《じようらく》しようとする甲斐《かい》の武田信玄《しんげん》に、家臣をやって誼《よしみ》を通じた。武田家が伊勢にまで到達した時、織田家を快く思わぬ家臣たちと共に蜂起《ほうき》しようとしたのである。

だがそれも夢と消えた。武田信玄は西上の途中に病死。武田軍は甲斐に引き返してしまった。しかも織田信長は、具教が武田家に家臣をやったことを察知したのである。

以後、織田家による具教への監視の目はさらに厳しくなり、この奥伊勢の三瀬から一歩も出られぬようにされてしまった。北畠家の家臣の大半ももはや時流に逆らわず、今は北畠信意《のぶおき》と名乗っている信長の次男に従っている。

もはや北畠家の実権を取り返すことは、万が一にも難しい情勢となっている。

「冷えるの」

具教は腰を拳《こぶし》で叩きながら独り言を零《こぼ》した。今年で齢《よわい》四十九となり、躰《からだ》のあちこちが痛み始めている。

「殿」

「おお、兼宗《かねむね》か」

背後から呼ばれて具教は振り返った。そこに立っていたのは吉田兼宗。今では数少ない己の傍《そば》に仕えている家臣である。

「たまには少々動かれては？　拙者《せっしゃ》が相手を務めますぞ」

兼宗は両の拳を重ねて見せた。剣を構える恰好《かっこう》である。

己は公家であり、大名でありながら、天下に比類する者が少ない剣の腕前を有している。元来、剣術が好きで、修行の旅をする剣客が伊勢に通りかかると支援をし、その技を習っていたのである。才があったらしく、具教の剣の腕前はめきめきと上がった。そして剣聖とも名高い塚原卜伝《つかはらぼくでん》が立ち寄った時には特に学び、新当《しんとう》流の奥義である一の太刀《たち》を伝授されたほどである。

兼宗には若き頃から、具教が剣の手解《てほど》きをしてやった。家臣であり、剣の弟子でもあったのだ。

「億劫《おっくう》よ」

具教は首を横に振った。

近頃は何もやる気が起こらない。剣は特にである。

もともと好きに加え、己の身を守る助けになればと学んだが、結果として何の役にも立たなかった。むしろ無駄だったとさえ思っている。剣に打ち込んだ時を、もっと他のことに使っていれば、このような境遇にならなかったのではないかと後悔さえしていた。

「左様ですか……」

兼宗は哀しそうな表情で答えた。その時である。遠くから複数の声が聞こえて、こちらに近付いて来る。子どもたちの声である。

「不智斎《ふちさい》様！」

庭先に走って来た娘が呼び掛けた。他にも男女数人の童《わらべ》たちが駆けて来る。不智斎とは己の法号で、近隣の者はそのように呼んでいた。

「これ。ここは――」

「よいよい」

兼宗が咎《とが》めようとするのを具教は制し、子どもたちに鷹揚《おうよう》に話しかけた。

「お花。久しぶりじゃのう」

「家の手伝いをしなければならないから……」

お花は少し不満そうに頬を膨《ふく》らませた。

「偉いぞ」

具教はにこりと笑って続けた。

「今日は蹴鞠《けまり》でもしようか」

子どもたちの顔がぱっと明るくなった。

一年ほど前、お花が隠れ鬼の途中、この三瀬館に迷い込み、具教はそれをたまたま見つけた。叱《しか》られると思い顔を引き攣《つ》らせるお花に、具教は菓子を与えて暫《しば》し物語った。少し気が紛《まぎ》れると思ったからである。

以降、お花は度々訪ねて来るようになり、他にも子どもを連れて来るようになった。皆、近隣の百姓の子どもである。

「兼宗、何か菓子があったか？」

「饅頭《まんじゅう》が少し」

「用意してやってくれ」

具教は命じると、お花たちに向けて言った。

「さあ、やろうか」

日々、虚《むな》しさだけを感じている。

だがお花や、子どもたちといる時だけは全てを忘れられる。織田家との抗争を続けていれば、彼らはこの世に生まれなかったことも有り得る。敗れた己を、ほんの少しだけだが慰められる気がしているのかもしれない。

二

お花が一人で三瀬館を訪ねて来たのは、霜月《しもつき》二十五日の昼下がりのことであった。

「如何《いかが》した」

具教は眉間《みけん》に皺《しわ》を寄せた。お花の目に今にも溢《あふ》れんばかり、涙が溜まっていたからである。

「お婆《ばあ》が……」

お花はたどたどしく話した。

昨日、お花の婆様が世を去ったのだという。お花は優しい婆様が大好きだと、これまでも具教は聞いていた。父母や親類は葬儀に忙しい。お花は誰かに寄り添って欲しく、思わずここを訪ねたのだということが解《わか》った。

「お花。よく聞け」

「うん」

「人はいつしか死ぬるものだ」

まだ十歳にも満たぬ娘には酷だと解りながら、具教はそれでもゆっくり言葉を継いだ。

「故《ゆえ》にそれまで精一杯生きねばならぬ。お婆も、お花と精一杯生きたのだ」

涙を頬に伝わせながら、お花はこくこくと頷いた。

「不智斎様も……？」

ふいに投げかけられた問いに、具教は言葉に詰まった。

いつか死ぬるのかという意味か、あるいは精一杯生きているのかという意味か。前者ならば是《ぜ》であるが、後者ならば非であることを己が一番知っているからである。

「ああ」

曖昧《あいまい》に答え、具教はお花の頭をそっと撫《な》でた。

「殿!!」

駆けこんで来たのは兼宗である。その顔は真っ青に染まっている。

「どうした。お花が驚いているではないか……」

「敵襲です」

兼宗は唸《うな》るように言った。

「何……」

ようやく人の気配を感じた。余程、慎重に近付いてきて一気に動き出したのだ。これが意味することはただ一つである。

「織田だな」

本来の北畠家の力は衰退の一途とはいえ、織田家としては心配の芽は摘《つ》んでおきたいと思っているに違いない。いずれこのような日が来るのではないかと思っていた。

「数は」

具教は静かに訊《き》いた。

「三百を超えます」

「逃がす気はないようだ」

三瀬館にいる家臣は十四人。徳松丸《とくまつまる》、亀松丸《かめまつまる》という前髪も取れていない具教の子。己も含めても十七人である。

「すでに館に。佐々木四郎左衛門が内通していたようです」

近習《きんじゅう》の一人である。敵方と通じており門を開いたらしい。それはつまり、こちらはすでに十六人に減じていることを意味する。

「殿、かくなる上は潔く。介錯《かいしゃく》を致します」

兼宗は声を震わせた。伊勢の名門に、無様《ぶざま》な真似はさせたくはないという想いが滲《にじ》み出ている。

「いや……」

すでに戦いが始まっており、喊声《かんせい》、怒号《どごう》、刀槍《とうそう》の触れ合う音が館内に響き渡る中、具教はぐっと腕に力を込めた。突然のことに慄《おのの》き震えるお花が腕の中にいる。

「お花」

「不智斎様……」

「心配いらぬ。必ずや外に連れ出す」

具教が優しく言葉を続けた。

「儂《わし》も思い出した」

具教は白い歯を覗《のぞ》かせると、兼宗に向けて言った。

「儂らの因縁《いんねん》に巻き込む訳にはいかぬ。お花を連れて外に逃げよ」

「殿は……」

兼宗は唾《つば》を呑み込んだ。

「最後まで精一杯生きることとする」

具教はお花を兼宗に預けると、自室に掛けてある太刀を取った。

「儂が引き付ける。最後の頼みじゃ」

「はっ」

具教は喊声に向けて走り出した。屋敷の角を折れると、すでにそこは織田兵で満ち溢れている。己に気付いたようで兵の一人が声を上げた。

「いたぞ！　北ばた――」

具教の腰間《ようかん》から光が迸《ほとばし》る。兵の顔は割れた柘榴《ざくろ》の如く鮮血に染まった。

「抗《あらが》うつもりですか！　御見苦しいですぞ！」

兵たちの背後で叫んだ将に見覚えがあった。藤方朝成《ふじかたともなり》と謂《い》い、己の元家臣であった。

「好きに言え」

片笑《かたえ》んで呟《つぶや》くや否《いな》や、太刀が一閃《いっせん》する。同時に二人を薙《な》ぎ払い、返す刀でもう一人の喉《のど》を掻《か》き斬った。

「新当流だ！　一気に行け！」

そう叫んだ別の将。これもまた元は己に仕えていた奥山知忠《ともただ》である。

どいつもこいつもかつては忠臣面《づら》をし、今では織田の小倅《こせがれ》に媚《こ》び諂《へつら》っている。こやつらは己を見ていたのではなく、国主という地位を見ていただけである。

――お花。

心中で呼び掛けつつ、太刀を旋回《せんかい》させた。

血飛沫《ちしぶき》が舞い上がり、それが地に落ちるまでにまた一人斬り伏せた。独楽《こま》の如く回りまた一人斬ると、その者の槍を分捕《ぶんど》って二人纏《まと》めて貫き通す。具教の獅子奮迅《ししふんじん》の戦いぶりに、敵の顔は戦慄《せんりつ》に凍り付く。

「やれ、やれ！」

気が狂《ふ》れたように将たちが連呼する中、具教はなおも太刀を振るった。

己は何のために剣を学んだのか。ふと腑《ふ》に落ちた。今日、この時、たった一人のためではないか。

「一の太刀を見よ！」

全身に力が漲《みなぎ》る。振り下ろした太刀は、敵の刀を根元から折って頭をかち割った。

悲鳴と鮮血が狂乱する中、一体どれほどの時が経ったのか。具教の周りには悶絶《もんぜつ》する者が百を超えている。少なくとも十は絶命しているだろう。己の躰にも無数の刀傷があり、衣服は雨に打たれたように温かく濡れていた。

――逃れただろう。

敵勢のほとんど全てを己一人で引き受けた。兼宗ならば必ず脱出したと確信した。

「か……かかれ」

藤方の声である。具教の目は霞《かす》んでもう見えなくなっている。ただ躰はなおも反応した。

天に響く絶叫が遠のいていく。最後に一人を斬った時、具教も数太刀を受けたのである。ゆっくりと躰が地に吸い込まれていく中、曇る目に空の青さだけは捉えた。子どもたちの無邪気な声が耳朶《じだ》の奥に蘇《よみがえ》り、具教は微《かす》かに口元を綻《ほころ》ばせた。

ときに瀧川三郎兵衛《たきがわさぶろうひょうえ》雄親《かつちか》柘植《つげ》三郎左衛門《さぶろうざえもん》隙をうかがひ、苅野《かりの》左京亮《さきょうのすけ》某《なにがし》を先鋒《せんぽう》として早旦《そうたん》に館をかこみせむ。具教これをきき太刀長刀等の刃をこころみるに、刃を引てみな利からず。されども其長刀を横たへ駈《かけ》いでて相戦ふ。三百余人の寄手《よせて》其《その》勢ひをみてすすみ得ず。先鋒の兵疵《きず》をかうぶるもの百余人に及ぶ……（『寛政《かんせい》重脩《ちょうしゅう》諸家譜《しょかふ》』）

兵庫県

黒田官兵衛

未完なり

一

燭台《しょくだい》が一つだけの仄暗《ほのぐら》い居室《きょしつ》の中、黒田如水《じょすい》はじっと揺れる火を見つめていた。

考えを巡らせる時、必ずといってよいほどこうしている。普段は長くとも一刻（約二時間）ほどで思案が纏《まと》まるのだが、此度《こたび》はすでに二刻（約四時間）は過ぎていよう。燭台の油も減り、火は一層弱々しくなっている。

――如何《いか》にすればよいだろうか。

如水は幾度目かの同じ問いを投げかけた。

今、天下を真二つに分けての大戦《おおいくさ》が始まろうとしている。一方は五大老筆頭《ごたいろうひっとう》の徳川家康を大将とする東軍。

もう一方は同じく五大老毛利輝元《もうりてるもと》を大将、宇喜多秀家《うきたひでいえ》を副将とする西軍。ただ彼らは神輿《みこし》のようなもので、実質は五奉行《ごぶぎょう》の石田三成《みつなり》が大将と言っても過言《かごん》ではない。

豊臣秀吉の没後、家康は天下簒奪《さんだつ》に向けて動き出している。豊臣恩顧《おんこ》の大名の中には、家康が豊臣家のために動いていると信じている馬鹿もいるが、己《おのれ》でなくとも少し賢《さか》しい者ならば容《た》易《やす》く判《わか》ることである。

家康は、これまた五大老の上杉景勝《かげかつ》に難癖《なんくせ》をつけて征伐《せいばつ》に乗り出した。すでに己が家督《かとく》を譲った嫡男《ちゃくなん》、長政《ながまさ》も軍を率いてこれに同行している。

この機を見計らって石田三成は上方《かみがた》で挙兵。その数は日を追うごとに増え続けているという。

そのような中、隠居の己は領国である中津《なかつ》にいる。きな臭い情勢を見て戻ったのである。そして予《あらかじ》め手配していた小船が来て、いち早く三成挙兵の報《しら》せを受けた。如水は報に接すると、すぐに居室に籠《こも》って今に至るという訳だ。

己が悩んでいるのは、東西どちらに付くかということである。流れ上、長政は家康に従うほかないだろう。

だが別に己まで東軍に付く必要はない。西軍が勝った時、己だけでも味方していれば、黒田家の命脈《めいみやく》を保つことも能《あた》おう。

ただ長政が自軍の大半の兵を率いているため、この中津には老兵、若年の者を中心に僅《わず》か五百ほどしか残っていない。どのような動きを取るにしても、これがかなり厳しい点である。

――やはり東軍だろうか。

どうも兵力は互角《ごかく》と見てよい。ならば百戦錬磨《ひやくせんれんま》にして、狡猾《こうかつ》でもある家康が勝つのではないかと思えてくる。

――いや、西軍もあるだろう。

三成には、さほど軍才はない。だがそれを取り巻く諸将の中には、家康に勝《まさ》るとも劣《おと》らない者もいる。彼らの意見を取り入れれば、三成にも勝機は十分ある。何より豊臣秀吉の遺児、秀《ひで》頼《より》のいる上方を押さえているのが大きい。

「貴殿《きでん》ならば、すぐに答えを出すのでしょう」

溜息《ためいき》と共に、思わず口から零《こぼ》れ出た。先ほどから心中で問いかけているのは、自分自身ではない。

如水は自らを優れた智嚢《ちのう》の持ち主だと思っている。別に自認しているだけでなく、世間の者たちもそう見ている。それこそ主君であった秀吉からも恐れられたほどである。己から見れば大抵の者が阿呆《あほう》に思えるのだが、生涯でたった一人だけ、

——この人には敵《かな》わぬ。

と、負けを認めてしまった智者がいる。

名を竹中半兵衛重治《はんべえしげはる》と謂《い》う。長年に亘《わた》って秀吉の軍師を務めた人物だ。

半兵衛は欲のない人であった。食うに困らねばよいと公言し、秀吉から示しが付かぬと押し切られて渋々と加増を受けるほど。少しでも領地を広げたいと思う己とは、真逆と言ってよい。

ただ一つだけ、半兵衛にも欲求というべきか、叶《かな》えたい夢があった。

——生涯で一度なりとも、完璧《かんぺき》な戦《いくさ》をしたい。

と、いうものである。

具体的に完璧とは何か。それは味方にたった一人の死人も出すことなく、敵を打ち破るというもの。半兵衛はその一事に生涯を捧《ささ》げた。

半兵衛に会って、その夢を聞いた時、如水は取り繕《つくろ》っていたものの内心では嘲笑《あざわら》っていた。

そのようなこと、絶対に出来るはずがないと思ったからである。

だが半兵衛は、何とそれを成し遂げた。播州《ばんしゆう》の三木《みき》城を包囲している時、敵が出撃して来たのを一兵も損じずに撃退したのだ。

己もその場におり、出撃を予想していた。だが半兵衛はそれすらも策中に織り込んでいたのだ。己が雨あられと矢を放つ。すると敵は突撃の方向を変える。半兵衛は予め木に印をつけており、敵の先頭がそこに差し掛かった時に横腹を衝《つ》く――。と、いったように。

そしてそれが半兵衛にとって、生涯最後の戦になった。病《やまい》ですでに歩くのも難しい中で指揮を執《と》っており、その二月後に世を去ったのだ。

「何故《なにゆえ》、このようなことが出来るのだ！」

死の間際、如水は半兵衛に迫った。己の行動まで読まれていた恥ずかしさもあり、病人に向けたものにしては語調が強かったかもしれない。

「これだけを求めて来ましたので。人の一生は存外短く、一つのことを成すので精一杯のようです」

半兵衛は青白い頰《ほお》を緩《ゆる》めた。

「それならば……拙者《せつしや》には到底、完璧など無理ではないか」

若かりし如水は下唇《したくちびる》を嚙《か》みしめた。

確かに己もこのような采配《さいはい》をしてみたいと思う。同時に出世もしたければ、領地も広げたい。良い女子《おなご》を抱きたいという欲もある。だがそれは人並みであって、半兵衛こそが異質なのだ。ただ異質なのに神々《こうごう》しく、己は如何に矮小《わいしょう》な存在であるかとその時に痛感させられた。

「良いではないですか。完璧でなくとも」

「何ですと……」

「完璧は美しい。しかしたとえ未完だとしても、心のままに前に踏み出す人もまた美しい。貴殿はそちらかと」

半兵衛は、儚《はかな》くも何処《どこ》か悪戯《いたずら》っぽい笑みを見せた。その時はただの慰《なぐさ》めだと思って記憶を消し去っていたが、今になって、如水の脳裏に一気に蘇《よみがえ》って来た。

「半兵衛殿……心のままに……」

如水は瞑《つむ》っていた目を刮《かっ》と見開き、勢いよく立ち上がった。

二

翌日、如水は中津城の蔵を開き、全ての銭《ぜに》を外に出させ、

「急ぎこの銭で雇えるだけ兵を雇え」

と、家臣たちに命じた。蓄《たくわ》えの全てを出すのだ。何か予期せぬことが出来《しゅったい》すれば黒田家の存続も危うい。止める家臣もいたが、如水は一切耳を貸さなかった。

その間に家康に向けて、

——九州の西軍を抑えます。

と、密使《みっし》を飛ばした。だがそれで終わりではない。三成に対しても、

——九州を統《す》べようと思う。その時には七カ国を頂戴《ちょうだい》したい。

と、当面は独立の構えを見せる意志を示したのである。東西関係ないと宣言したわけだが、そこでまずは西軍の城を攻め落とす。家康は東軍に付いたと思うに違いない。

この時点で東軍の勝ちが決まれば手柄となる。西軍が勝つならばさらに九州の平定を進め、交渉で和睦《わぼく》を引き出す算段。西軍には毛利、島津《しまづ》などこの近くに領地を持つ者がおり、それらが侵食されれば、三成を突き上げて和睦を促《うなが》すであろうという読みである。

だが日《ひ》ノ本《もと》全土に亘る合戦である。そう簡単に決着がつくとは思えぬ。東西の決戦が長引けば、その間に東軍諸将の城も平らげる。そして九州さえ統一してしまえば、勝者がどちらであろうとも、敗者の勢力を取り込み、

——上洛《じょうらく》して天下の覇《は》を争う。

腹積もりであった。

狭い播州に生まれたくせに、子どもの頃はいつか天下を獲《と》りたいなどと言い、周囲に嗤《わら》われ、あるいは叱《しか》られたものである。

だが歳を重ねるにつれ分別がついたからか、いつの間にか諦《あきら》めていた。いや、その夢の欠片《かけら》が今も心に残っていることに気付いていたが、完璧な勝ち筋がなければと己に言い訳をしていたのである。今もまたあの人と違い、完璧な勝利など見えていない。だが如水は、生涯最後に

なるだろうこの機会に腹を括《くく》ったのである。

「未完でも進んでみせましょう」

抜けるような蒼天《そうてん》に向けて如水は呟《つぶや》いた。

如水のもとには九千の兵が集まった。いつか、いつかと貯め込んだ「言い訳」が、ここで意外に役に立ったことに苦笑しつつ、如水は高らかに命じた。

「まずは大友《おおとも》を屠《ほふ》る。行くぞ！」

かつての豊前《ぶぜん》、豊後《ぶんご》を治めていた大友義統《よしむね》が、西軍の毛利家の支援を受け、御家《おいえ》再興を掲《かか》げて九州に入り込んでいた。その大友軍が東軍細川忠興《ただおき》の飛び地、杵築《きつき》城を取り囲んでおり、援軍の要請が来ていたのである。

如水軍は道中の小城を攻め落として進撃し、石垣原《いしがきばる》で大友軍と全面衝突《しょうとつ》した。小勢を徹底的に狙《ねら》って攻めるという敵の策により、如水軍は劣勢《れっせい》に追い込まれた。寄せ集めの軍なのだから仕方ないところもある。

「完璧とは程遠いが、進みながら正すしかないな」

如水は一瞬顔を歪《ゆが》めたものの、すぐに不敵な笑みを見せた。

声を張り上げて如水は指揮を揮《ふる》う。太鼓《たいこ》を激しく打ち鳴らさせ、散った味方を集結させた。

時を追うごとに足並みが揃《そろ》い始めた如水軍は、大友軍を挟撃《きょうげき》してじりじりと押し返していく。やがてそれまでの劣勢を跳ね返し、此方《こなた》の旗色のほうが良くなってきた。

「ここが切所《せっしょ》ぞ。突き進め！」

このように叫んだのは何時《いつ》ぶりであろうか、ふと如水の脳裏にそのような想いが過《よぎ》った。半兵衛に比べれば、あまりに不格好《ぶかっこう》である。だがそれでも構わぬと、今は心から思えるようになっている。

間もなく大友軍は潰走《かいそう》を始め、如水軍は追撃し、そのまま海へと追い落とした。

「次に行くぞ」

すかさず如水は言った。今は一刻が惜《お》しい。如水は軍を分けて周囲の敵城を平らげることを決めた。

如水軍の勢いは止まらず、瞬《またた》く間に砦《とりで》を、城を、攻め落としていった。かなり順調で、予定よりも早い。このまま行けば北九州を奪うまで一月《ひとつき》も掛からないだろう。

だが如水軍の躍進《やくしん》もここまでであった。富来《とみく》城を攻めている最中の九月十九日、捕らえた密使により、

――九月十五日、美濃《みの》国関ケ原にて西軍敗れる。

との報を得たのである。しかも西軍の被害は甚大《じんだい》で、石田三成、宇喜多秀家などの行方も判らないというのだ。

「これまでのようです」

如水は再び空に向けて零した。

あの日と違い、今の己の心情を表わすような曇天《どんてん》である。ぽつぽつと雨が降り始める中、如水は散り散りになった軍の集結を命じた。

その後、家康に祝賀の使いを送ると共に、九州の西軍諸城の切り崩《くず》しを担《にな》う旨《むね》を伝えた。ここからは別に焦る必要はない。黒田家は見事に勝ち馬に乗った訳だが、如水にとっては敗戦処理のようなものである。

戦後、黒田家は中津十二万石から、筑前名島《ちくぜんなじま》五十二万石へと大幅な加増を受けた。ただこれは本戦で活躍した長政の分だけである。

家康は如水の功績も高く評価し、上方か東国で領地を与えようとした。だが如水はこれを慇《いん》懃《ぎん》に断った。別に家康のために働いた訳ではないため、些《いささ》か申し訳ないという想いがないでもない。だがそれ以上に、あれほどまで欲していたはずの領地への興味が、何故か霧散《むさん》してしまっていたからである。あの日、あの時、己は情熱の全てを燃やし切ったのであろう。

さらにその後、如水は太宰府天満宮《だざいふてんまんぐう》内に草庵《そうあん》を構え、茶の湯をしたり、歌を詠《よ》んだりと、悠々《ゆうゆう》自適の隠居暮らしを送った。

時折、上方に上ることもあった。有馬《ありま》温泉でゆるりと過ごしてみたり、知己《ちき》と心行くまで語り合ったり。

播州に足を運ぶこともあった。故郷の福岡、姫路《ひめじ》だけでなく、かつて戦をした以外にあまり縁が深いとも思えぬ、三木城の跡を訪ねたこともあった。

晩年、如水はしくじりを犯した家臣に対し、

「大抵の者は完璧など求めても出来ぬ。それでも前に進むしかないのだ」

と、噛んで含めるようによく語っていたという。

慶長《けいちょう》九年（一六〇四）三月二十日の辰《たつ》の刻（午前八時頃）。京の伏見《ふしみ》屋敷にて如水は五十九年の生涯に幕を閉じた。その顔はかつて完璧を追い求めた人と同じく、眠るように穏やかなものであったという。

――おもひをく　言《こと》の葉なくて　つゐに行く　道はまよはじ　なるにまかせて

未完であろうとも、最後に迷いを振り払って進んだ如水らしい辞世の句である。

城兵不足なれば近國の浪人《ろうにん》はさらなり、百姓町人出家社人の嫌《きらい》なく、出陣の供《とも》せんと思ふ者をば召抱《めしかか》ふべし、我年頃無用の浮費《ふひ》を省略したれば、金銀は倉庫に満ちたり……（『三河後風土記』）

鳥取県

亀井茲矩

夢はあれども

一

すでに評定《ひょうじょう》が行なわれて一刻（約二時間）以上の時が流れていた。新十郎はその末席にあって、

――早く終われ。

と、冷ややかな気持ちで成り行きを見守っていた。だが、そのような素振《そぶ》りはおくびにも出さない。ぎゅっと頰《ほお》を引き締め、各人の発言に大袈裟《おおげさ》に頷《うなず》いて見せたり、勇ましげな相槌《あいづち》を打ったりを続けている。

新十郎は弘治《こうじ》三年（一五五七）、出雲《いずも》国八束《やつか》郡湯之《ゆの》に生まれた。姓は湯《ゆ》。一文字、一音の姓とは極めて珍しいが、佐々木源氏の流れを汲《く》んでおり、出雲国の守護を務めていた京《きょう》極《ごく》家の庶流である。

京極家が凋落《ちょうらく》し、守護代の尼子《あまご》家が取って代わるにあたって湯氏もそれに従うようになった。庶流とはいえ京極家の中での立場はよくなかったらしく、新十郎の曾祖父《そうそふ》や祖父は、むしろ積極的に尼子家を支援したという。

父の名を湯永綱《ながつな》と謂《い》う。永綱は何というか少し変わった性格をしている。欲というものが希薄で、寝床があり、食うに困らないならばそれで十分という考えの持ち主である。どだい戦国の武士らしくなく、僧になったほうが向いている。実際、永綱は新十郎が元服《げんぷく》すると同時に家《か》

督《とく》を譲り、入道《にゅうどう》してしまった。その時にも、
「お主《ぬし》が幸せならば上々。まあ、好きに生きるがよい」
などと温厚な笑みを浮かべて言っていた。

このような父だから、新十郎も伸び伸びと育ち、やはり並の武士らしくはない。だからといって父のように欲が皆無《かいむ》かといえば、その点だけは異なる。新十郎には、

――いつかこの国の外を見てみたい。

という強い思いがある。出雲の沖には隠岐《おき》国があり、そこから西に行けば朝鮮、唐《から》へと通じる。ではそのまま北へ進めばどうか。そこは唐なのか、はたまた別の国なのか。

では遠く九州、薩摩《さつま》から南に進めばどうなるのか。どうやら大きな島が存在するという噂は聞いたことがあるが、さらにその南へと海を渡れば何があるのか。ではそこから西はどうなっている。などと想像が想像を呼び、新十郎の胸をときめかせる。このようなことを夢想する者は珍しいだろうし、仮にいたとしても、それこそ薩摩や土佐《とさ》のような、先に何があるのか皆目《かいもく》解《わか》らない大海に臨《のぞ》んだ地の者ではないだろうか。ただ新十郎の場合、海の先のことがある程度解る出雲にいたからこそ、きっと他の海にも何かあるという想像が掻《か》き立てられたのだと思う。

新十郎は夢を見ていたが、現実から目を逸《そ》らしていた訳ではなかった。

――そのためには、ある程度の身代《しんだい》にならねばならない。

と、考えている。海に漕《こ》ぎだすためには大船がいる。とてもではないが今の豪族程度の身代

では造れるものではないのだ。そのためにはまず乱世を生き抜かねばならないし、その中で身代を大きくせねばならぬ。だが、それが能《あた》う身代になってしまえば、それ以上の出世は望まない。きっと煩《わずら》わしいことも増え、却《かえ》って夢から遠のくのではないかと思う。あくまで新十郎の欲は夢を叶《かな》えることだけ。一生の目標を単純明快に定めていた。

天正《てんしょう》元年（一五七三）、尼子家の重臣である亀井《かめい》家から、新十郎を養子にくれないかという話が来た。新十郎は湯家の長男であり、他に男子はいない。嫡男《ちゃくなん》であり当主を養子にくれなどとは、なかなか図々しい話で滅多《めった》にあるものではない。だがどうも当主の亀井秀綱《ひでつな》、そしてその娘の時子《ときこ》が、ひどく新十郎のことを気に入っているらしい。

「どうする？」

「お受け致します」

鷹揚《おうよう》な調子で尋《たず》ねる父に、新十郎は即答した。別に亀井家も夢を叶えられる身代ではないが、湯家よりは遥《はる》かにましなのだ。

「お主がそう言うならばよかろう」

やはり父は変わり者で、これだけのやり取りで許した。怒っている訳でもなく、むしろ口元を綻《ほころ》ばせて深く頷く。父にとって湯家はどうでもよいらしく、ただ己《おのれ》のことだけを思ってくれている。新十郎はこの時ほど父に感謝の念を抱《いだ》いたことはなかった。

「ただし、一つだけ条件が」

新十郎は断りを入れた。

——湯新十郎国綱《くにつな》は、大海の先に夢を見る男である。

ということを妻となる時子に予《あらかじ》め伝え、それでも構わないというならば、養子に行くというものであった。後に夢を邪魔されたくないという思いも確かにある。だがそれ以上に、一生を添い遂《と》げる人に、隠し事はしたくないという一念である。

先方はやや驚いたようだが、そのことを受け入れた。もっともどこまで本気にしたかは解らない。ただ新十郎としては、義理は通した格好である。

こうして新十郎は婿《むこ》養子となり、亀井新十郎真矩《さねのり》と名乗るようになった（のちに茲矩《これのり》）。

だが夢は遥かに遠い。主である尼子家は今、風前《ふうぜん》の灯火《ともしび》である。そもそも尼子家は、安芸《あき》の毛利《もうり》家に大敗を喫《きっ》して一度滅んだ。尼子旧臣たちで御家《おいえ》再興を掲げて戦ったが失敗。だが諦《あきら》めずに二度目の再興運動を行なった。此度《こたび》は隣国因幡《いなば》の山名《やまな》家の助力を得たことで、一定の成果を上げ、尼子旧領の大半を奪還することに成功した。

この事態を重く見た毛利家は大軍を派した。その数、実に四万七千。こちらは全ての兵力を掻《か》き集めても一万に届かない。さらに山名家が毛利家の圧迫を受け、単独で和議を結んだため、援軍も全く期待出来ないという状況である。

さて、如何《いか》に応ずるか。この評定はそれを論じているのだ。もっとも議論にはならない。

「最後の一人になるまで戦うべし」

だとか、

「幾《いく》ら大軍といえども、毛利の軟弱者には負けぬ」

などといった勇壮ではあるが、全く実のない言葉が飛び交うだけであった。

「新十郎はどうだ？」

そう上座から揚々《ようよう》と聞いて来たのは山中幸盛《やまなかゆきもり》。世間では、山中鹿之助《しかのすけ》の名のほうが通っている。幼少の頃から躰《からだ》が大きく武勇に長《た》け、それだけでなく軍略にも才を見せた。だが長じた頃には尼子家は衰退しており、鹿之助が孤軍奮闘《こぐんふんとう》しようともどうにもならぬ状況であった。鹿之助は忠義にも篤《あつ》く、尼子家再興に一生を捧《ささ》げることを決めた。その時に三日月を仰《あお》いで、

――我に七難八苦を与えたまえ。

と祈ったとか、祈っていないとか。ともかくそのような情緒的な逸話が伝わるほど、尼子家の中では英雄視され、今も再興軍の中枢《ちゅうすう》を担《にな》っている。

尼子家中の強い勧めもあって、妻の時子も、一度この鹿之助の養女としてから、新十郎が娶《めと》ることになった。これは名誉なことだと言われているが、新十郎としては別の所感を持った。

――今の尼子家は存外脆《ぞんがいもろ》い。

ということである。鹿之助が尼子家再興を一人で担っているかのように語られており、これを快く思わぬ者もいる。鹿之助もそれに気付いているからこそ、亀井家を手元に引き寄せたいと思ったのではないか。

「身を粉《こ》にして働く所存」

新十郎が答えると、鹿之助は満足げに頷いた。だが実際のところ新十郎は、

――もはやいかぬ。

と、見ている。確かに鹿之助は優れた武将である。一度や二度ならば、毛利家を破ることも出来るかもしれない。だがあまりに兵力が違い過ぎる上、後詰《ごづ》めのいない中で戦うのは無謀である。

先ほど評定の場で、似たような発言をした者もいた。だがその刹那《せつな》、鹿之助は烈火《れっか》の如《ごと》く怒り、

「想いは岩をも通す。貴殿《きでん》は尼子家への忠義が足りぬのだ!!」

と、一喝《いっかつ》してしまったのである。次々にそれに続く者が現れ、罵声《ばせい》の如き言葉が浴びせられる。遂《つい》には出ていけと言い放つ者もあり、発言した者はいたたまれなくなり評定から姿を消した。このような中で本心を言えるはずなどなかった。

二

天正三年（一五七五）六月、毛利家の大軍が攻め寄せて来た。軍を率いるのは毛利の両川《りょうせん》と呼ばれる名将の兄弟、吉川元春《きっかわもとはる》、小早川隆景《こばやかわたかかげ》の二人である。

対する尼子家は、それぞれが城に籠《こ》もって持久戦に持ち込む方針である。新十郎は要衝《ようしょう》の一つである私都《きさいち》城の守りを任された。

この大軍の前に、奪い返していた尼子家の城は次々に陥落《かんらく》していった。毛利軍は八月には山中鹿之助が籠もる若桜《わかさ》鬼ヶ《おにが》城へ攻めかかった。だが鹿之助は十倍以上の敵を撃退した。名将の

名に恥じぬ活躍である。

だが勝っているのは鹿之助だけで、他の城はさらに落ちていき、残すところは若桜鬼ヶ城を除けば、新十郎の守る私都城のみとなった。

包囲を突破した使者により、鹿之助の書状が届けられた。その内容は、

――新十郎、最後まで共に戦い抜こうぞ。

といった感傷的なものだけで、戦術的なことには何も触れられていない。

新十郎は書状を読み終えると、苦笑して小さく零《こぼ》した。

「御免蒙《ごめんこうむ》る」

十月、いよいよ毛利軍が迫るといった報を受け、新十郎は城を放棄して落ち延びることを決めた。

鹿之助は一人で翌年まで耐えたが、最後には城を明け渡すことになり、二度目の尼子再興は失敗に終わったのである。

その後、新十郎が鹿之助と再会したのは京でのことであった。

「城内は浮足立ち、とても毛利を迎え討てる状態ではありませんでした。内応者などを出せば尼子の名にも傷が付くと考え、苦渋《くじゅう》の決断をしたのです。最後まで戦い抜くつもりが……申し訳ございません」

新十郎は言葉を詰まらせつつ言うと、鹿之助も涙目になって頷いた。軍略に優れているものの、このような嘘には騙《だま》されると知っている。若干《じゃっかん》、心が痛むところもあるが、こればかりは

仕方がない。目的を達するために死んで礎《いしずえ》になれというのならば、まだ理解出来る。だが目的は達せそうにない。それなのに死ねとは、横暴が過ぎるだろう。

「また兵を募って戻るつもりだ。今度こそ毛利を……」

拳《こぶし》を握って熱く語る鹿之助に対し、新十郎は静かに意見した。

「尼子家再興の策が」

新十郎はかねてより考えていた策を告げた。それは今、飛ぶ鳥を落とす勢いで領土を拡張する織田家に支援を請《こ》うというものである。

織田家は天下布武《ふぶ》を掲げている。いずれ中国の雄《ゆう》である毛利とも激突するはずである。ならば尼子家の残党を利用するのは、織田家にとっても悪い話ではない。

「ふむ……」

何故《なぜ》か鹿之助は微妙な顔付きになった。しかし新十郎としても、夢を叶えるためには、尼子の再興は避けては通れない。なおも食い下がったところで、鹿之助はようやく頷いた。

こうして尼子家は織田家を頼ることになった。新十郎の見立て通り、織田家は全面的に支援すると約束した。尼子家残党は織田家重臣の一人、明智光秀の麾下《きか》に付けられ、丹波《たんば》国の統一、松永久秀《まつながひさひで》の謀叛鎮圧《むほんちんあつ》で活躍した。こうして励むことが、尼子再興に力を貸すための暗黙の条件なのだ。

そしてその時が来た。織田信長が羽柴《はしば》秀吉に中国攻略を命じ、尼子家はそちらに転属することになったのだ。

羽柴秀吉は百姓上がりだというが、極めて優れた将であった。中国筋《すじ》の難敵に苦戦しつつも、着実に成果を上げていった。だが鹿之助が日に日に浮かぬ顔になっていくのが、新十郎には気掛かりであった。

毛利に味方する上月《こうづき》城を落とした時、鹿之助が秀吉に迫った。

「我ら尼子党に上月城を守らせて頂きたい」

「上月城は毛利の領内から目と鼻の先。貴殿らにそのような危うい役目を任せる訳にはいかぬ」

秀吉は首を横に振った。播磨《はりま》の別所《べっしょ》家が不穏な動きをしている。もし謀叛《むほん》となれば、そちらに全力を注がねばならず、上月城を助けられないかもしれない。自らの家臣を僅《わず》かに詰め、敵が来れば打ち捨てて逃げるように命じるつもりだと秀吉は答えた。

だが鹿之助は頑《がん》として聞き入れない。秀吉は尼子再興を焦っているのだと思い、当座として播磨に一万石の領地を分け与える旨《むね》、信長に許しを乞《こ》うとまで言ってくれた。これには流石《さすが》に従うかと思ったが、鹿之助は何故か首を縦に振らぬ。

「何卒。我ら尼子は最後の一人になるまで戦い抜きます」

と、激しく訴えた。その場にいた尼子家臣は、鹿之助のほか、新十郎のみ。秀吉がこちらに視線を送る。何を言わんとしているのか新十郎は察して頷くと、秀吉は溜息を零して言った。

「解った。許す」

飛び上がらんばかりに喜んだ鹿之助は、すぐに尼子家の残党を集め、上月城を任されることを宣言した。

「皆の者、尼子の力を見せようぞ！」

鹿之助の言に威勢よく応じる者が八割。僅かに二割ほどは愛想笑いを浮かべているように新十郎には見えた。そして鹿之助は播磨一万石の話には一切触れようとはしなかった。これで新十郎は、鹿之助が如何《いか》なる人なのか、はきと解った気がした。

――この人は尼子再興が夢なのではない。尼子再興を掲げている己が好きで堪《たま》らぬのだ。忠義、忠義、忠義とお題目《だいもく》の如く繰り返し、それ以外は悪であるかのような風潮を作り出してしまった。忠義というならば、一万石を得て一応の再興を受け入れればよいではないか。だがそれをしてしまえば、好きな己ではいられなくなるからしないのだ。

そもそも、全員が尼子家への忠義のために戦っている訳ではない。ただ妻子や家臣を食べさせるため、ささやかな暮らしを取り戻さんがために戦っている者もいる。むしろそのほうが大半であろう。だが鹿之助が旗を振ってからというもの、そのような理由を口にすることすら憚《はばか》られるようになっている。

――今、申さねば悔いが残る。

新十郎がそう思った瞬間、口を衝《つ》いて言葉が飛び出した。

「私は羽柴様の軍勢と共に動きます」

「何……」

「私には叶えたい夢がございますので」

「お主、尼子家への忠義は――」

「夢はあれども、忠義もあります。故に羽柴様が仰《おお》せのように賢明ではないと申し上げているのです」

上月城がいかに危ういか、そして播磨一万石を提示されたこと、新十郎は衆に全てをぶちまけた。鹿之助は明らかに狼狽《ろうばい》したが、それでも己が守れば心配ないだとか、本国に領地を得なければ意味がないだとか言い訳をして皆を説得する。

「お主に賛同する者がいるかな？」

「それはそれで結構。これで私の忠義は果たしました。各々方《おのおのがた》もよくお考えめされよ。では」

新十郎が席を立った時、幾人かが意を決したように立ち上がって後に続いた。決して多くはなく、やはり二割程度である。不忠者、卑《ひ》怯者《きょうもの》といった心無い言葉が背に投げかけられたが、新十郎の胸はむしろ清々《すがすが》しい気持ちで満ち溢《あふ》れていた。

三

上月城は毛利家の大軍に囲まれた。懸念《けねん》していたように別所家が謀叛し、羽柴軍はそちらに軍勢を回さざるを得なかった。秀吉は退却を命じたものの、

――尼子の力を最後まで見せる。

といった、訳の解らぬ返答が来た。秀吉は新十郎に苦笑しつつ言った。

「あれは厄介《やっかい》な男よな」

「こうありたいという己の姿のために、多くの者を巻き込む性質《たち》があるのです」

新十郎の返答に、秀吉は眉《まゆ》を開いて感心した。

「見込みがある」

「ありがとうございます」

新十郎は深々と頭を下げた。

上月城は落城。尼子家の神輿《みこし》である勝久《かつひさ》は切腹。鹿之助は毛利軍に捕えられた。主君が死んでも生き残る道を選んだあたり、新十郎の見立ては合っていたのだろう。だが鹿之助は毛利家によって謀殺《ぼうさつ》された。毛利家としても、鹿之助の存在に辟易《へきえき》していたに違いない。

新十郎はその後も秀吉のもとで戦った。鳥取城攻めで功を挙げ、因幡国鹿野《しかの》城主に任命され一万三千五百石を領することになった。

本能寺《ほんのうじ》で織田信長が討たれた後、秀吉はその仇《かたき》を討って天下人へと駆けあがった。その時に秀吉は、

「何処《どこ》が欲しい」

と、新十郎に尋ねた。いずれは出雲半国を約束されていたのだが、出雲国は毛利家との和議で引き渡すことになった。その代わりは何処がよいかという意味である。

「琉球国《りゅうきゅうこく》を」

「ふふ。面白い」

秀吉は扇《おうぎ》を持たせ、そこに筆を走らせて「亀井琉球守殿」と書き、それを新十郎に下賜《かし》した。

新十郎はその後、朱印状《しゅいんじょう》を得て外国との貿易を行なった。領地は最終的に三万八千石。尼子家最盛期の領地よりは遥かに少ない。だが新十郎は日々が楽しくて仕様がなく、慶長《けいちょう》十七年（一六一二）に五十六歳で息を引き取るまで、笑みの絶えない一生を送った。

> 我日本にをいてのぞむところなし、ねがはくは琉球國をたまはらむといふ。太閤《たいこう》其《その》壮勇《そうゆう》を感賞し、腰の團扇《うちわ》を採《とり》て表に琉球守殿と書し……（『寛政重脩諸家譜《かんせいちょうしゅうしょかふ》』）

宮崎県

伊東祐兵

泥水も美味し

一

伊東祐兵《すけたか》は路傍《ろぼう》の石に腰を掛け、額《ひたい》に滲《にじ》んだ汗を拭《ぬぐ》った。空を見上げて細く息を吐《つ》くと、躰《からだ》から疲れが抜けていくようであった。

町の外れにある蔵を借り受け、酒を造り始めたのは昨年のことである。朝から働き詰めであったため、蔵の外で一服していたのである。

蔵の中から姿を見せたのは、初老の男だった。名を河崎祐長《すけなが》と謂《い》い、当年で齢《よわい》四十八。この祐長は、祐兵の母の弟。つまり叔父《おじ》に当たる。

「よし、すぐ戻る」

手が足りないのかと思い、祐兵は腰を浮かした。

「もうお止《や》め下され」

祐長は首を横に振った。今に始まったことではない。これまで何度もこのように止められてきた。

「気にするな」

「殿も日々嘆いたり、怒ったりしておられます」

「今日はどっちだ」

「怒り……のほうで」

「面倒だな」

祐兵は頬《ほお》を苦く緩《ゆる》めた。

「それは拙者《せつしや》も同じ思いでござる」

祐長は眉間《みけん》に皺《しわ》を寄せた。

「食っていかねば死ぬるだけ。仕方がないではないか」

「酒造りなど武士の為《な》すべきことではありませぬ」

「お主《ぬし》も武士ではないか」

祐兵が戯《たわ》けた顔を作って見せると、祐長は憮然《ぶぜん》とした態度で腕を組んだ。

「拙者は良いのです。若は伊東家の世継ぎですぞ」

伊東家は「曾我《そが》兄弟の仇討《あだう》ち」で知られる工藤祐経《くどうすけつね》の庶子《しよし》が、鎌倉幕府より地頭《じとう》の職を賜《たまわ》って日向《ひゆうが》に下向《げこう》したことに始まる。日向きっての名家であった。

だが祐兵の父義祐《よしすけ》の時代、力を付けた隣国の島津《しまづ》家に徐々に領地を削られ始めた。祐兵が子どもの頃には、伊東家はかなり逼迫《ひつぱく》した状況になっていたのである。

そして祐兵が十八歳になった時、島津家の調略《ちようりやく》を受けて有力家臣が謀叛《むほん》。それに合わせて島津家の大軍が雪崩《なだ》れ込んで来て、伊東家は日向を追われた。

父は豊後《ぶんご》の大友家を頼った。大友家は島津家と並ぶ大国である。その力を借りて、島津家を除き、領地を取り戻そうとしたのだ。

大友家当主の宗麟《そうりん》はこれを容《い》れ、大軍を擁《よう》して日向へ入った。

――これで日向を取り戻せる。

父は終始興奮気味であったが、祐兵は妙に冷静であった。

まず大友家も、善意だけで己《おのれ》たちを助けてくれている訳ではない。島津を打ち破った後、己たちには申し訳程度の土地を返還し、他は股肱《ここう》の臣たちに分け与えることは十分に考えられる。何よりそれ以前に、

――島津家は滅法《めっぽう》強い。

と、祐兵は痛感している。

大友家にも優れた将はいるが、今の島津家の勢いに抗《あらが》えるかどうかは怪しいものである。

祐兵の危惧《きぐ》は的中した。耳川《みみかわ》で両軍が激突し、島津家が大勝する結果に終わったのである。

以降、大友宗麟は口ではいずれ取り返してやる、とは言うものの、一向に手を打つことはなくなった。もはや日向への興味を失っているのは明白である。

伊東家の者たちも腫物《はれもの》を触るような扱いを受けるようになった。

「大友家は頼りにならん。四国に渡るぞ」

父が苛立《いらだ》ち始めたのもその時期であった。

――それは悪手《あくしゅ》だ。

祐兵はそうは思うものの、父が言い出したら聞かぬことはよく知っていた。

四国に渡ったところで、島津家を駆逐《くちく》してくれるような大名はいない。今は敗戦を直視せずに興味を失っているが、己の領地が侵《おか》される恐怖のある大友家のほうが、余程力になってくれ

るだろう。

それは父も薄々は解《わか》っている。では何故《なにゆえ》、四国へ渡ろうというのか。

――己への雑な扱いが耐えられぬのだ。

祐兵はそう思っている。

父は生来、自尊心の強いほうだったのだろう。だが、それ以上に周囲の影響も大きいと思う。

己も祐長ら家臣には、名家である伊東家の嫡嗣《ちゃくし》だと言われ続けていたから解る。それで父は、真《まこと》に己が特別だと思ったのであろう。日向南部の飫肥《おび》を巡って、島津家と長く一進一退の攻防を続けてきたという自負が、それに拍車《はくしゃ》を掛けることにもなった。

同じように育てられたのに、己が何故そうはならなかったか。これも生来のものといってしまえばそれまでだが、己の時には子どもの目から見ても伊東家の凋落《ちょうらく》は明らかで、謀叛なども頻発《ひんぱつ》していた。とても家臣たちが言う「名家」の有様に見えなかったこともあろう。

ともかく父は自尊心が強い。故に大友家中の冷ややかな雰囲気に耐えかね、己をもっと良く遇《ぐう》してくれる大名のもとへ行きたい、というのが本音である。

こうして大友家に暇《いとま》を貰《もら》い、親子に加え、祐長ら家臣二十余人と共に伊予《いよ》の河野《こうの》家のもとへと渡った。大友家としても厄介払《やっかいばら》いが出来たといったところであろう。

では何故今、この伊予の地で酒造りをしているのか。

案の定《じょう》というべきか、河野家としても己たち親子を持て余した。土佐の長宗我部《ちょうそかべ》家が凄《すさ》まじい勢いで拡大しており、そちらの対応で精一杯。とてもではないが海を越え、日向に兵を差し向ける余裕などない。

「いずれ日向を取り戻しましょう。それまで好きに使える土地をお分け致す」

と、河野家は茶を濁《にご》した。

その土地は荒れ放題になっており、田畑を作るとしても数年掛かってしまう。何とか凌《しの》げる方法はないかと考えた時、付いてきた家臣の一人が、

「酒造りなどは如何《いかが》でしょうか……」

と、進言してきたのだ。

伊東家は武士身分以外の者でも、優《すぐ》れた者がいれば積極的に登用していた。譜代《ふだい》の家臣たちが離反する中、そうせざるを得なくなっていたというほうが正解だろう。その者は実家が酒造りをしており、伊予の風土は酒造りに適しているというのだ。

こうして古びた蔵を用いて、酒造りを行なっているのである。

祐長も武士のやることではないとは言いつつも、背に腹は代えられず皆を取りまとめて行なっている。己は携《たずさ》わらずともよい。いや、携わってくれるなと言われているのに、皆と共に働いている。故に祐長はこのように、幾度《いくど》となく小言を零《こぼ》すのだ。

「なかなか奥深いものだ。そして戦《いくさ》などより大層面白い」

祐兵が言うと、祐長はしっと息を吐いた。

「殿がお聞きになれば、烈火《れっか》のごとくお怒りになりますぞ」

「父上もやってみればよいのだ。さすれば面白さが解る」

とはいうものの、父が酒造りなどするとは思えない。今、父は何をするでもなく、書を読んだりして過ごしている。河野家が日向のために兵を挙げるという、来るはずもない日を信じて。

「それはさておき、河野家では我らを快く思わぬ者もおるとか」

大友家でもそうであったように、河野家でも同じことが起きている。幾ら名家といえども、利用価値がなければそうなるだろう。戦国の世において、他家に構っている余裕などないのは、どこの家も同じである。

「まあ、その時はまた流れればよい」

祐兵は空を見上げた。西から東へとゆるりと純白の雲が流れていく。まさしく今の伊東という名家はあれと同じ。白く美しく見栄《みば》えこそよいが、風に煽《あお》られて流されていくだけである。

「さて、やるぞ」

祐兵が手を叩いて蔵に向かうと、祐長は大きな溜息を零し、項《うなじ》を掻《か》きつつ続いた。

二

天正《てんしょう》九年（一五八一）、祐兵が二十三歳、父が六十九歳の時、伊東家に好機が巡って来た。山伏《やまぶし》の三峯《みつみね》という者が伊予を訪れ、伊東家復興の伝手《つて》を持ってきたのだ。

祐長は日向にいた頃、訪れて来た三峯のことを甲斐甲斐《かいがい》しく世話した。その恩もあって三峯は、常に伊東家のことを気に掛けてくれていたという。

「羽柴《はしば》秀吉をお頼り下され」

三峯はそう言った。天下を半《なか》ばまで手中に収める織田家の中で、百姓から身を起こし、今では中国の切り取りを任されるほどの大身《たいしん》にまで出世している男である。

その秀吉の黄母衣衆《きほろしゅう》の一人である伊東長実《ながざね》と謂う男がいる。伊東家と遠祖《えんそ》を同じくする尾張《おわり》伊東氏の出身だということで、何とか助けてやれぬかと三峯は頼み込んだらしい。

長実は力を貸すのはやぶさかではないが、己の身分だと主《あるじ》に面会させるのがやっとだという。それでも構わぬと三峯は言い、こうして急いで伊予に伝えに来たという訳だ。

「馬鹿なことを言うな」

折角《せっかく》の良い話であるが、父は言下《ごんか》に一蹴《いっしゅう》した。百姓出身の秀吉に、名家たる己が頭を下げるのはあり得ないというのだ。流石《さすが》の祐長も説得するが、父はどうしても首を縦に振らない。

無為《むい》に時が流れた天正十年（一五八二）の正月、祐兵はあることを決意して父のもとを訪ねた。

「父上、ご隠居《いんきょ》下さい」

そう迫ったのである。

父は青筋を立てて睨《にら》みつける。父には自らの代で伊東家を復興するという想いがあるのだ。

そこに隠居を迫ったのだから、怒りを覚えるのも当然だろう。

だが父は伊東家復興を想うだけで何をする訳でもない。これではいつまで経っても事態は変わらない。

「泥水を啜《すす》ってでもここは耐えるべきでございます。啜れぬというならば、私が啜るので隠居して頂きたいのです」

祐兵は静かに続けた。

「泥水など飲むくらいならば、ここで渇《かわ》き死んだほうがましよ」

父は鼻を鳴らした。

「それを家臣たちにも言えましょうか」

本心では、祐兵は伊東家が消え去ってもよいとも考えていた。だが己たちに付き従った家臣、その家族も徐々に老い、不安の中で暮らしている。これに責を感じているのは確かである。

「私は父上の大切にしてきたものを守りたいのです」

ぐっと押し黙る父に向け、祐兵がなおも続けた。

それが正しいかどうかは解らないが、父は必死に名家たらんとしてきた。今更、その生き方を変えることも出来ないだろう。ならば己が泥水を啜り、伊東家を復興させるつもりであった。

「好きにせよ」

父は興味を失ったかのようにそっぽを向いた。

「行ってまいります」

祐兵は微笑みを浮かべ、深々と頭を下げた。

三

祐兵は祐長と共に姫路《ひめじ》に渡った。三峯の紹介にて伊東長実と会い、秀吉への面会を取りなして貰ったが芳《かんば》しくない。

――蔵米《くらまい》も底をついている今、浪人などに構っていられるか。

と、秀吉が拒《こば》んでいるという。

「申し訳ございません……」

長実は心苦しそうに眉《まゆ》を下げた。

「お心遣《こころづか》いありがとうございます。あと一つだけ、お力を貸して頂けませんか。羽柴様が外に出られる日取りと時刻をお教え願いたいのです」

祐兵は慇懃《いんぎん》に尋ねた。

「それは……」

「城外で待ちます」

地に膝《ひざ》を突《つ》き、道で待つという意味である。長実は諸手《もろて》で制して首を横に振る。

「そのようなことはさせられません！　家の名に傷をつけることに……」

「そちらは父に任せております」

祐兵はふっと頬を緩めたので、長実は意味を解りかねたのであろう。目を丸くして茫然《ぼうぜん》とするだけであった。

それから十日後、払暁《ふつぎょう》より祐兵は、道で鷹狩《たかが》りに出るという秀吉の一行を待った。

このような姿を父が見れば、また腹を立てるだろう。いや、情けなさに涙するのではないか。それは己に対してではなく、このようなことを子にさせてしまう己に対してである。父は頑固者だが、根は優しい人である。

――きっと先祖に恥じぬ男になるぞ。

武芸に優れており、相貌《そうぼう》も優れているとのことで、己が幼い頃、父はそのように己を手放しで褒《ほ》めてくれていたのである。

「恥じることはありません」

伊予で待つはずの父に向け、祐兵は小さく呟《つぶや》いた。

その時が来た。城から一行が出て、蹄《ひづめ》の音が少しずつ近づいてくる。そして己の近くまで来たところで、馬上から声が掛かった。

「何者だ」

「日向の住人、伊東祐兵と申します」

「そちがそうか。面《おもて》を上げよ」

儀礼に則《のっと》れば上げる振りをして、今一度声が掛かってから顔を上げる。だが祐兵はすぐに勢いよく頭を上げた。

馬上から見下ろす男。秀吉とみて間違いない。噂に聞くように小男であるが、その眼には言い知れぬ迫力が宿っている。

「伊東ほどの名家の者が、ここまでするか」

「名家なればこそです」

己たちは家を潰し、家臣たちを路頭《ろとう》に迷わせた。それでも付き従ってくれる家臣たちに報《むく》いる。そのために何でもする覚悟こそ名家たる証《あかし》だと、祐兵は思い極《き》めている。

「そのためには泥水を啜るか」

「家臣と共にならば、泥水もまた美味《うま》いと知っておりますれば」

「名家と聞いていたので、鼻持ちならぬ男と思いきや……随分と骨柄《こつがら》逞《たくま》しいことよ。だが確か……伊東家の当主はまだ御父上だと思うたが」

そのようなことまで知っていることに驚いたが、祐兵はおくびにも出さず答えた。

「隠居を迫り、今は拙者が」

「なるほど。そういうことか」

秀吉は全てを察したように頷いて続けた。

「儂《わし》が西国を攻める初めに、西国の武士が頼ってくるのは吉瑞《きちずい》であろう。まずは三十石でよいか」

「よしなに」

「あとで城へ来て、石田佐吉《さきち》を訪ねよ。全て申し付けておく」

秀吉はそう言って一行を進めたが、ふと言い忘れたように、馬上で身を捻《ひね》って振り返った。

「昔、儂も上様《うえさま》に同じようなことをした。儂も名家と名乗ってもよいかの？」

悪戯《いたずら》っぽい顔で尋ねる秀吉に対し、祐兵は凜然《りんぜん》と頷いた。

「名家とは生き方だと思いますれば」

「そうか。またな」

秀吉は口元を綻《ほころ》ばせると、もう振り返ることはなかった。大友家とも、河野家とも違う。あの男に付いていけば、伊東家は再び日向の地を踏めるのではないかという気がしてくる。

「ふう」

一行が見えなくなった後、祐兵は立ち上がって膝の砂を払った。

逗留《とうりゅう》している長実の家に戻ると、祐長が心配そうに家の前で待っていた。祐兵が眉を開いて見せると、祐長も一転破顔《はがん》する。

その頭上、透《す》き通るような冬空のもと、薄い雲が流れている。まるで消えかけているが案外としぶとい。これもまた伊東家のようだと思い、祐兵は白い歯を覗《のぞ》かせた。


十年正月、義祐父子以下廿《にじゅう》余人、遂に道後《どうご》を辞して姫路に到る。祐兵時に年廿四、容貌魁偉《ようぼうかいい》なり。秀吉見て喜び……（『日向国史』）

長崎県

有馬晴信

海と空の戦士

一

シャルガナは松の木にもたれ掛かり、銀鱗《ぎんりん》を撒《ま》いたように煌《きら》めく海を眺めていた。空には形のはっきりした白い雲が幾《いく》つか浮かび、緩《ゆる》やかな風を受けて流れていく。この景色だけを見ていると、まるでここが故郷ではないかという錯覚《さっかく》に陥《おちい》ってしまう。

この地と故郷の間に、どれくらいの距離があるのかは解《わか》らない。数カ月の航海が必要なことは身をもって知っている。主人の話ではここは世界の東の果てであるという。

故郷の村には名は無い。そこに住まう者はただ「村」とだけ呼んでいたが、主人の国であるポルトガルでは、己《おのれ》の村のある一帯を指して「カフル」と呼んでいる。

村の古老《ころう》の話によると、ポルトガル人がカフルに現れるようになったのは、数十年前のことらしい。化物のような巨大な船を乗り付け、交易の拠点として沿岸部に町を作るようになった。

当初、ポルトガル人はカフルの民《たみ》を捕えて召使いにした。だがそれには故郷でも相当な反発があり、カフルの勇敢《ゆうかん》な兵士たちが、ポルトガル人と刺し違えてでも抵抗する事態に発展した。これにはポルトガル人も辟易《へきえき》したようで、無理やり攫《さら》うような真似《まね》は徐々に減っていった。

やがてポルトガル人は別の方法で、召使いを集めるようになった。病《やまい》で苦しむ者に薬を与え、その代わりとしてその家族を連れていくのである。

シャルガナの妹は、原因の解らない高熱にうなされていた。ポルトガル人に薬を貰《もら》えば、どうなるかを知っている村人は止めた。そもそもその薬が効くのかも定かではない。これまでも治った者もいるし、治らずに死んだ者もいる。それでもシャルガナは苦しむ妹のため、藁《わら》にも縋《すが》る思いで薬を受け取った。妹の病が治ったかどうかは解らない。薬を貰った十日後には、ポルトガル人の召使いとして船に乗ることになったのである。

「毎日、飽きもせず眺めているな」

背後から声がして、シャルガナは振り返った。そこに立っていたのはムハラと謂《い》う男。この男も己と同様、途中立ち寄ったカリカットという町で、ポルトガル人の召使いにされて船に乗せられた。己がカフル人と呼ばれるのに対し、マラバル人と呼ばれている。互いの故郷の言葉では当然ながら話が通じない。航海の途中、海が穏《おだ》やかであれば仕事はほとんどなく、時は有り余っている。そこで覚えたポルトガル語で、会話が出来るほどになっている。

「ああ、世界の果てでも海と空はそう変わらないらしい」

「退屈だから仕方ないか」

ムハラは苦笑してこめかみを掻《か》いた。己たちの主人は宣教師。キリストの教えを世界中に伝えることを使命としている。そして辿《たど》り着いたのがここ。この国の者たちは「ヒノモト」と呼ぶ。そのヒノモトの中にさらに大小数十の国があり、それぞれに王が割拠《かっきょ》している。

己たちの主人は数ある国の中の一つ、「ヒゼン」の王、アリマに気に入られて領内に布教を許された。そこでこうして各地の村を回り、暫《しばら》く滞在して布教を行なうことを繰り返している。説教の間、召使いである己たちは特にやることが無く、束《つか》の間《ま》の自由を与えられていた。

　ここのところは海沿いの漁村での布教が続いており、暇《ひま》さえあればシャルガナはこうして海を眺めているのだ。

「そろそろ飯の時刻だ。今日も皆から離れて食うのか？」

　眉間《みけん》に皺《しわ》を寄せたムハラの、ややうねった髪が風で揺れる。

「ああ、俺は気味悪がられるから」

　この国に来てからずっと好奇の目に晒《さら》されて来た。ここに暮らす者は、皆が黄色の肌をしている。主人の肌の白さも驚かれるが、それより己のように黒い肌を持った者はさらに珍しいらしく、珍妙な生き物を見るような目で見られる。

　主人は村長《むらおさ》のところで厚遇《こうぐう》される。己たちも百姓の小屋で共に食べろと言われているのだが、皆の視線に耐えきれず、シャルガナは夕闇の中、米と呼ばれる穀物を握ったものを、決まって外で食べていた。

「心配ないのに」

「お前は皆に近いから」

　ムハラはやや浅黒くはあるものの、この国の民と比較的近い肌の色をしており、己と異なり皆はさして不審がる様子はない。

「まあ、付き合うさ」

ムハラは肩を軽く叩いて微笑《ほほえ》んだ。毎度という訳ではないが、ムハラは気を使って二度に一度は己と共に飯を食べてくれる。互いに同朋《どうほう》が全くいない船内で、二人は拙《つたな》いポルトガル語で心を通わせて来た。

二

村人から貰った握った米を頬張《ほおば》りながら、二人で暮れてゆく陽《ひ》を眺めた。

「戦いが始まるらしい」

ムハラは米の塊《かたまり》に齧《かじ》り付くと、苦々《にがにが》しく言った。

ヒノモトの中の大小の国王は覇権《はけん》を争っている。海や空だけでなく、争いがあるということもどこでも共通のことらしい。もっともシャルガナは、これほど戦いに明け暮れている国を他に知らない。それはムハラも同じであったらしく、この国の有り様に瞠目《どうもく》していた。

己たちが滞在しているアリマは決して大きな国の王ではないらしく、隣国のリュウゾウジに押され続けていると聞いている。

「俺たちには関係ないさ」

主人は戦いが始まれば、このヒゼンから逃げ出して新たな国を求めると語っていた。民を守る教えなどともっともらしく説《と》いているが、主人も己の命は惜《お》しいということだ。

「アリマを他国の王子が助けに向かっているという」

ポルトガル語に加え、ここの言葉も僅《わず》かであるが覚えた。ムハラは特に村人と交わる時が多く、その辺りの事情にも己よりも通じている。

「どこの国だ？」

別に興味があった訳ではないが、話の流れでシャルガナは尋《たず》ねた。

「サツマ国のシマヅ王。精強で鳴らす王族で、今回派遣された王子の名はイエヒサだってさ」

「ふうん」

聞いてもやはり興味は湧《わ》かない。己が考えていることは、巻き込まれてこのような異国に屍《しかばね》を晒したくないということだけ。主人は、長く仕え、故郷に戻った暁《あかつき》には解放してくれると言っている。父母や病が治ったと信じている妹の元に、一刻も早く帰りたいというのが、シャルガナの唯一の願いである。

「ねえ」

ふいに呼ばれて二人同時に振り返った。そこには十歳にも満たない幼女が立っている。

「だれ？」

拙いこの国の言葉でムハラが問う。

「キエ」

幼女は名乗っているのだと解る。

「どうした？」

「ねえ、そっちの人……」

ムハラではなく、キエは己に視線を送る。シャルガナは己の高い鼻梁《びりょう》を指で軽く叩《たた》いた。

「うん。何で黒いの？」

困った。訳などあるはずない。故郷ではこれが当たり前のことで、何故《なぜ》ヒノモトの民は黄色の肌をしているのかと問うに等しい。

「俺の国……皆こう」

「きれい」

「え……」

意味は理解出来た。褒《ほ》めてくれている言葉である。ヒゼンに来て早一年が過ぎようとしているが、このように言われたのは初めての経験だ。

「触っていい？」

ムハラが手を宙に滑《すべ》らせて片笑《かたえ》む。キエは己の元に歩を進め、腕をそっと触った。

「あ、掌《てのひら》は白い」

「これも……皆そう。怖《こわ》く……ないか？」

「何で？」

キエは怪訝《けげん》そうにこちらを見つめる。その眼は円《つぶ》らで、どこか故郷の妹を彷彿《ほうふつ》とさせた。

「何でだろう」

「シャルガナは可笑《おか》しな人」

驚くことに己の名も聞き及んでいるらしい。キエはくすりと笑うので、シャルガナもつられて口元を綻《ほころ》ばせた。

翌日もキエは来た。そして己の故郷のこと、家族のことなどを尋ねた。人一倍好奇の心が強いらしい。シャルガナも、身振り手振りも交えて必死に説明した。

さらに翌日、キエは手を引いて、無理やり村人と共に食事をさせた。悪口の一つも言われる覚悟をしていたが、村人たちも己に次々に問いを投げかける。それで初めてキエだけでなく、この国の者は好奇の心が強いことを知った。気味悪がられていたのも嘘ではないだろうが、キエが交わったことでそのような気分は一気に払拭《ふっしょく》されたらしい。

——人も変わらないのかもしれない。

村人たちと交わってシャルガナはそう思った。こちらも同じく、この国の人々は己と違うと決めつけて距離を置いていた。それが相手に伝わっていた部分もあるのかもしれない。それからの数日は、これまでの一年と違い、シャルガナにとってはこの国で最も楽しい時となった。

キエと初めて話して十日後、村を去ることになった。アリマ王に主人が呼び出されたのである。

「また戻って来てね」

キエは目に涙を浮かべながら見送ってくれた。ムハラも涙を堪《こら》えて目元を摘《つ》まんで天を仰《あお》ぐ。シャルガナは満面の笑みでキエの頭を撫《な》でた。それを咎《とが》める者も、奇異な目で見る者もいない。たった数日でも人は心を通わせることが出来るのだ。

三

「すぐに逃げるぞ。支度《したく》をしろ」

アリマ王に謁見《えっけん》して戻った主人は、すぐに己たちにそう命じた。隣国リュウゾウジ王が二万五千の大軍で攻め寄せて来る。それに対してアリマ王の兵は六千。援軍のシマヅの王子が率いている三千を合わせても九千。このままでは十中八九、ヒゼンは敵に蹂躙《じゅうりん》される。

アリマ王は挽回《ばんかい》の秘策として、自身が持っている船で、決戦場になるだろう地に砲撃をすることを考えた。だがその大砲も昨今、主人の手引きで買ったもの。扱える者が家臣の中にいない。そこで戦いに加わり、大砲を扱って欲しいと主人は頼まれたのだ。

主人はその場では愛想《あいそ》笑いで了承したが、アリマ王の負けを見越して夜の内に逃げ出そうとしているのだ。

「少し眠る。支度が出来たら起こせ」

主人はそう命じて、自室に引っ込んでいった。他にもポルトガル人がいるが、荷物の支度はせずに、これからの逃避行に備えて皆が仮眠を取る。

召使い二人で荷を纏《まと》める。二人とも無言で重苦しい空気が流れる。それを破ったのはシャルガナであった。

「なあ、ムハラ」

「ああ……」

どうやらムハラも同じことを考えている。

異国とて海や空、そして人までがそう変わるものではないことを知った。人が変わらないからこそ、戦《いくさ》があるというのも変わらない。ならば悲哀や苦悩もまた変わらないだろう。

「アリマ王が負けたらキエは……」

ムハラは手を止めて下唇《したくちびる》を噛《か》みしめた。

「これで見捨てたら……何も変わらない世界で、俺だけが変わってしまう」

シャルガナが低く言うと、ムハラは大きな目を見開いて力強く頷いた。


アリマ王、シマヅ王子連合軍と、リュウゾウジ王の軍勢が沖田畷《おきたなわて》と呼ばれる地でぶつかった。シマヅ王子は軍略に長《た》けているらしく、数に勝《まさ》る敵勢を巧《たく》みに隘路《あいろ》に誘い込んで優勢に事を運ぶ。潰走《かいそう》する敵と、後続とが鉢合《はちあ》わせて進退が儘《まま》ならない。あと一撃、敵を叩くことが出来れば大混乱に陥《おとしい》れることが出来るだろう。

「ムハラ！　急げ！」

アリマの持つ船の甲板《かんぱん》でシャルガナは叫んだ。主人たちが夜逃げしようとした日、二人は宿舎を逃げ出してアリマ王の所に駆け込んだ。そして拙い言葉で、

――オレタチ、大砲撃てる。ヒゼン守りたい。

と訴えたのである。

「何故、残ったのだ……」

主人に逆らってまで残ったのが信じられないのだろう。アリマ王は目をみはって驚いている。

大切なものを見捨てて逃げてしまえば、己たちは変わってしまう。変わらない姿で故郷に戻らねばならない。それを身振り手振りを交えて伝えると、アリマ王は、

「人は変わらずにいるほうが難しいのやもしれぬ……私はそなたらのように強く生きられるだろうか」

と、涙を零《こぼ》しながら手を取って礼を述べた。激動に包まれたこの小さな国の王は己を変えてでも生き抜いているのだ。異国人であるシャルガナにもそれが何となく伝わった。

それもまた強さの一つの形ではないか。そう伝えたかったが、シャルガナはそれほど難しい言葉を持たず、ただ差し伸べられた手を強く握りしめ頷くことしか出来なかった。こうして二人は国の存亡をかけた戦いに加わったのだ。

「シャルガナ！　火薬は詰めた！」

ムハラは額《ひたい》から滝のような汗を流しながら答えた。航海の中で、海賊に襲われることも度々《たびたび》あった。そこで己たち召使いも大砲の扱いを学ぶように命じられていたのだ。実際に数度の実戦経験もある。

シャルガナは細く息を吐き、海岸沿いで激戦を繰り広げる敵勢に照準を合わせた。そこで一度ゆっくりと目を瞑《つむ》る。

――海よ、空よ、どうか大切な者を守る力を。

故郷での禱《いの》りを心で唱えて刮《か》っと目を開くと、シャルガナは発射の号令を発した。大砲が轟《ごう》然《ぜん》と吼《ほ》え黒い弾丸が飛ぶ。それを挟《はさ》むような鮮やかな空と海は、やはり故郷のものと何も変わらないようにシャルガナには見えた。

その場には砲手がいなかったので、一人のアフリカのカフル人が弾丸を込め、一人のマラバル人が点火していた。そうした厄介《やっかい》な操作にもかかわらず砲は見事な協力のもとに発射を始めた。（『完訳フロイス日本史〈10〉』）

熊本県

加藤清正

小賢しい小姓たちよ

一

部屋の中に、筆舌《ひつぜつ》に尽くしがたい重い空気が流れている。すでに半刻《はんとき》（約一時間）以上この状態が続いており、陽《ひ》もすっかり高くなってきて、襖《ふすま》が白い輝きを強めていた。

加藤清正《きよまさ》は腕を組んで瞑目《めいもく》している。投げかけた問いの答えを待っているのだ。だが、一向にこちらが望む答えは返って来ない。そのことでこちらもむきになってきて、

――答えるまでいつまでも待ってやる。

と腹を決め、どちらが先に音《ね》を上げるのか我慢比べの様相を呈《てい》している。

喧《やかま》しかった蜩《ひぐらし》の鳴き声がふいにぴたりと止《や》んだ。ふっと部屋の中の緊張が高まる機を逃《のが》さず、清正は畳《たたみ》に這《は》わせるように低く問うた。

「話す気になったか」

眼前に小姓《こしょう》が四人。やはり誰も口を開かぬ。だからといって怯《ひる》む様子もなく、悪びれる様子もない。真っすぐにこちらを見つめている。

「うん……？　一つ訊《き》く。本題ではないから答えられよう。この件は儂《わし》が悪いのか？」

清正は眉間《みけん》に皺《しわ》を寄せて訊いた。小姓たちの眼差《まなざ》しがまるで睨《にら》むようであったため、こちらが悪いことをしているのではないかと不安になってしまった。

「いえ、殿は何も」

皆を代表して小姓の一人、弥次郎《やじろう》が答えた。

「お主《ぬし》たちの誰かが悪い……それはよいのだな？」

小姓たちの頷《うなず》きがぴたりと重なったので、清正はすかさず口を開いた。

「そうだろう！　一瞬、道理を見失ってしまったわ。ならばその睨むような眼は止めい」

「殿がいつまでも帰して下さいませんので」

この四人の中で、十四歳と最も年嵩《としかさ》の平三郎《へいざぶろう》が答えた。そのふてぶてしいまでに堂々とした態度に、清正は思わず苦笑を漏《も》らした。

「いや……お主らが答えたらそれで済む話じゃ」

「お答え出来ません。これで十度目でございます」

そう答えたのは小柄だが、意志の強そうな眉《まゆ》の市蔵《いちぞう》である。

「つまり儂が訊いたのも十度目。呆《あき》れるのはこちらのほうじゃ」

「お諦《あきら》め下さい」

最年少の丸五郎《まるごろう》である。名は体《たい》を表すかのような、満月のような丸顔が愛らしい。だがそれは常のことで、今は忌々《いまいま》しく思えた。

「いや、観念するのはそっちだろう」

清正はこれで何度目かの、いや小姓たちが言うには十度目の繰り返しに、大きな溜息《ためいき》を零《こぼ》した。

ことの発端はこうである。数日前、清正は一年ぶりに国元の熊本から大坂屋敷に来た。そのことを聞きつけ、片桐且元《かたぎりかつもと》が久しぶりに顔を見たいと言って来た。

清正が虎之介《とらのすけ》、且元が助作《すけさく》と呼ばれていた頃からの仲である。今では関白《かんぱく》にまで昇った豊臣秀吉が、まだ織田家の一部将の羽柴《はしば》秀吉であった頃。小姓組として同じ釜の飯を食い、賤ケ岳《しずがたけ》の戦いでは共に武功を上げて、「賤ケ岳七本槍」に数えられもした。

そのような旧知だからこそ、出来る限りのもてなしで迎えたいと思い、茶会を催すことにした。そこで国元から連れて来た小姓たちに手伝わせ、自ら茶会の支度《したく》をしていたのだ。

清正は所持している名物の茶器を取り出して畳の上に置いた。そこで家老から至急相談したい旨《むね》があると言われ、小姓たちに畳を掃《は》き清めるように命じて、その場を離れたのだ。

――戻ったらこれだ。

清正は眼前の茶碗へと視線を落とした。厳密に言えば茶碗であったもの。無残にも真っ二つに割れている。清正が再び戻った時、すでにこの状態であったのだ。

それは茶碗だけではない。小姓たち四人もまた、このようにちょこんと膝《ひざ》を並べて座っていたのである。

――これは何事だ！　誰が割った！

初めは清正も激昂《げきこう》して怒鳴《どな》り散らした。しかし小姓たちは答えない。先程のようなやり取りには進むものの、誰の仕業《しわざ》かという段になると口を噤《つぐ》んでしまうのである。

小姓たちの父は、いずれも加藤家きっての勇士たちである。その豪勇の血を引いているのか、このような事態でも狼狽《うろた》えることはない。

――妙なところだけ似おって。

清正は眉間を摘《つ》まんで天に息を吹きかけた。

大方、珍しいものであるが故《ゆえ》、己《おのれ》が席を外している隙に、皆で撫《な》でたり、摩《さす》ったりして誤って落として割ってしまったのだろう。

確かに茶碗は高価なものである。だが形あるものはいつか壊れるもの。正直に話せば咎《とが》めるつもりはなかった。

だが誰がやったのかを頑《かたく》なに言わないので、こちらも段々退《ひ》けぬようになってきて、こうして押し問答が今まで続いているのだ。

二

「殿、大変でございます」

ふいに平三郎が口を開いた。こちらから問いかけるばかりで、小姓たちのほうから何か言ってくるのは初めてであったため、清正は眉間に皺を寄せた。

「何だ」

「あと半刻もすれば東市正《いちのかみ》様が訪ねてこられます」

「ええい、だから早く話せと申しておるのだ」

清正が自らの膝を叩《たた》いて迫ると、小姓たちは一斉に口を真《ま》一文字《いちもんじ》に結ぶ。同じ繰り返しに、何故《なぜ》だかこちらが泣き出したい心地《ここち》になってくる。

平三郎の言う「東市正」とは、片桐且元の官職である。もう残された時は少ない。何とか片を付けねばと焦《あせ》りだけが募《つの》る。清正はここで勝負に出ることを決めた。

「その方らは若輩《じゃくはい》とはいえ、何と臆病《おくびょう》なことか。いずれの父も天下に名を轟《とどろ》かせる武功の士だというのに……こうも臆病とは父の名を汚すことになろうぞ！」

父の名を汚すことになると思えば、観念して真実を話すだろうと考えたのだ。だが清正の予想に反し、しおらしくなるどころか、小姓たちは憤怒《ふんど》の形相《ぎょうそう》に変わる。中でも平三郎はきっとこちらを睨み据《す》えながら、

「我々がどのような訳で、父の名を汚すと仰《おお》せでしょうか！」

と言い放ったのである。

――こいつ本気か。

清正は、怒りを通り越して笑いそうになるのをぐっと堪《こら》えた。この剣幕で言い返してくるとは思ってもみなかった。だがここまで来れば清正とて退けない。目いっぱいの怒気《どき》を込めて、小姓たちに向けて大音声《だいおんじょう》を放った。

「名物の茶器を割った科《とが》により、切腹を申し付けられると思い、割った者の名を口にしないのであろうが！　これを臆病と言わずして何と言う！」

「確かに我らは互いにどんな厳しい詮議《せんぎ》にあっても、割った者の名を口にすまいと誓い合いました」

市蔵が左右を見ながら、はきとした口振りで言った。

「やはりそうではないか」

「しかしそれは臆病からではありませぬ」

「何……」

清正は口元の髭《ひげ》を歪《ゆが》めた。すると次は弥次郎が静かな口調で話し始めた。

「我々の中に命を惜《お》しむ者は一人もおりませぬ。茶碗を割った者の名を申し上げないのは、どれほどの名物であろうとも、無くて事を欠くものではないためです」

清正が黙して耳を傾けると、弥次郎はさらに続ける。

「そんな物のために、我々の内一人でも傷つくことを惜しんで名を申し上げないのです」

「無くて事を欠かぬ……か」

清正が低く唸《うな》るように言うと、今度は平三郎が話し始めた。

「はい……国を治めるのに、そのような茶器が何の御用に立つでしょうか。それに比べ我々は、土地を奪おうと敵が攻め寄せたならば全力で守り抜きます。殿の御身《おんみ》が危うくなれば、代わりに討ち死にすることも厭《いと》いませぬ」

言い募るにつれ平三郎の語気は強くなっていき、最後には畳に拳《こぶし》を突いて言い放った。

「どれほどの名物の茶器であっても、我々の一人に代える理《ことわり》がありましょうや！」

清正の微《かす》かな唸りだけが、一瞬の間《ま》を埋める。ゆっくり小姓たちを見渡すと、最後に最も幼い丸五郎がしたり顔で言った。

「お諦め下さい」

「お主はそれしか言えんのか」

清正はこめかみを指で掻《か》きつつ溜息を零した。

確かに道理は通っているし、清正自身も茶器などよりも彼らのほうが余程大切だと解《わか》っている。だからといって茶碗を割ってよいという訳ではなく、それとこれとは別の話だろう。

誰が割ったのかは判《わか》らない。だが、

――仲間を守ろうとしているのだな。

ということだけは痛いほど解った。そう思うと小憎《こにく》らしく弁論する小姓たちが無性《むしょう》に可愛《かわい》く、同時に何故だか懐かしい感情が胸に込み上げて来る。

こうしている内に且元もやってくるだろう。ここらが落としどころだと思い、清正は豪快に笑ってみせた。

「天晴《あっぱれ》な小姓どもである。ゆくゆくは父に勝るとも劣らない武士になるだろう。頼もしき者どもだ」

小姓たちの顔が、ぱっと明るいものへと変わった。

「これからもその心を大事に励むように」

「はい！」

清正が諭《さと》すように優しく言うと、小姓たちは声を重ねて応じた。

三

且元が訪ねて来たのは、それから約半刻後のことである。急いで別の茶碗を持ち出して支度を調えた。

狭い茶室に二人、釜の湯が沸く音が響く中、清正は先刻の話を且元に告げた。聞きようによっては家の恥となるため、他の者ならば話さないだろう。だが古い付き合いの且元に、そのような心配はいらない。

「ふふ……そのようなことがあったか」

且元は終始微笑《ほほえ》んでいたが、訊き終えると息を漏らした。

「豪儀《ごうぎ》なのはよいが、減らず口ばかり叩きおって……些《いささ》か困ったものよ」

「しかし許したのだろう？」

「何故だか妙に懐かしくなってな」

清正は未《いま》だ頼りない手つきで茶を点《た》てた。

元をただせば、己は鍛冶《かじ》屋の倅《せがれ》である。世が目まぐるしく動き、その中で出頭《しゅっとう》した秀吉に引き立てられ大名になったに過ぎない。今では大層に茶の湯なども行なうが、未だに慣れぬものである。

「簡単な話だ」

「ほう？」

且元が言うので、清正は首を傾《かし》げた。

「長浜《ながはま》にいた頃、殿下《でんか》が大切にしていた松の木に登り、枝を折ってしまったことがあったろう？」

「ああ、あった。市松《いちまつ》だな」

市松とは、福島正則《まさのり》のことである。

今では清州《きよす》二十四万石の大名となり、左衛門大夫《さえもんのたいふ》などという立派な官位を持っているが、これも元は桶屋の倅。粗忽《そこつ》なところがままあり、小姓時代に皆が止めるのも聞かずに、そのような失態をやらかしたことがあった。

「皆、青ざめてな」

「おお、あれには肝《きも》を冷やした。当の市松もまずい、まずいと連呼《れんこ》して……ふふ。あの時は確か佐吉《さきち》が……」

佐吉とは石田治部《じぶ》少輔《しょうゆう》三成《みつなり》のこと。今では天下の奉行《ぶぎょう》として、この国の中枢を回している男である。

「そう。一計を案じたのだったな」

且元は口元を綻《ほころ》ばせた。

三成はこのうちの誰かが勝手に登り、松の木を折ってしまったのは確か。しかし、他の者にも止めなかった責任がある。故に科は全員で負うと殿下に言ったのだ。

実際、そこに居合わせていなかった者も、市松がやらかしたのならば仕方ないと話を合わせてくれた。

「あやつは賢《さか》しいからな。殿下が将来の譜代《ふだい》にしようとしている小姓組を、一度に多く処分出来ないと解っていたのだろうよ」

清正は当時のすました「佐吉」の顔を思い出して頬を緩《ゆる》めつつ、茶碗を畳の上に滑《すべ》らせた。

「それもあるかもな。だが殿下が何より仲間を大切にされる御方だというのを解っていたのだろう。そしてお主も……な」

且元はにこりと笑うと、ゆるりと茶を喫《きつ》する。

「なるほど」

己は小姓たちに、在《あ》りし日の自分を見ていたのかもしれない。そして、今こうして大名に至るまで、そのような仲間に己は何度も救われてきたのを重々解っている。

「だが小賢しいわ」

清正が苦笑すると、且元は口辺《こうへん》の泡を拭《ぬぐ》いながら言った。

「お主もそうだったではないか。それも歳とともに消えていくもの。だが仲間を思う気持ちだけは、その歳の時に学ばねばな」

「そうかもしれぬな」

「随分《ずいぶん》と上手くなったな。もう一杯貰《もら》えるか？」

且元が空になった茶碗を押し戻そうとした時、畳の目に引っかかってころりと転がった。

「おい、割るなよ」

「茶碗ごときは赦《ゆる》すのではなかったか？」

「お前は別だ」

「ふふ……手厳しいことだ」

青い日々を共に生きた者どうしの軽口である。長らく忘れていたこの懐かしい心地を味わうために、茶碗一つの犠牲で済むならば安いものかもしれない。

そのようなことを考えながら茶碗を手に取り、清正はふっと唇《くちびる》から息を漏らした。


加藤肥後守《ひごのかみ》清正は茶会をばもよふされし時き名物の茶碗を出し置きけるを小姓あつまりて撫でさすりなどして見居たるに其《その》中の一人過《あやま》ちて取り落し砕《くだ》きける……　（『明良洪範《めいりょうこうはん》』）

和歌山県

雑賀孫一

孫一と蛍

一

大和《やまと》国葛城山《かつらぎさん》の麓《ふもと》、村から少し離れた場所である。爽《さわ》やかな風が吹き抜け、実った青い稲穂《いなほ》が波を打つかのように揺れている。この光景を見るまでずっと不安であったし、それは収穫の時まで変わらぬだろう。生まれた時から土に触れてきた百姓たちでさえ、そうだと聞く。三年前まで、一度たりとも稲作をやったことがなく、四十路《よそじ》を目前にして始めた己《おのれ》ならば当然だろう。

「やるか」

元々、無口な性質《たち》である。故《ゆえ》に流れて来た時、近隣の村の者たちも大層《たいそう》怯《おび》えていた。だが数年前ならばいざ知らず、今は顔も柔《やわ》らかくなっているらしい。無口なれども悪人ではないと思われたようで、そのうち少しずつ話してくれるようになり、今では田の相談にも乗ってくれている。

――誰だ。

一人、男がこちらに向かって来る。村の外《はず》れには己しか住んでいない。この辺りに住んでいるということは噂になっているようだが、誰かが訪ねて来るのは初めてのことだ。

「あっ――」

男は顔が判別出来るくらいの距離まで来ると、そのように声を上げた。己の顔を知っているらしい。

一方、こちらは見覚えが無い。歳の頃は二十四、五といったところか。身のこなしからして武士のようである。そして、同郷の者ではないか。頬《ほお》の細かな痣《あざ》を見てそう思った。

「孫一《まごいち》様ですね」

「いや」

「え……」

男は困惑して足を止める。

「今は違う」

「確かに」

こちらの言う意味を察し、男は二度、三度頷《うなず》いた。

鈴木孫一重秀《しげひで》。それが己の過去の名である。別に雑賀《さいか》孫一などとも呼ばれた。

雑賀は紀伊《きい》国の北西部、紀ノ川《きのかわ》一帯を指した地名であった。この雑賀庄の領主であったのが己の出身である鈴木家だった。

紀伊国は雑賀庄の他にも小領主が乱立しており、連携して自治を行なってきた。いわゆる惣《そう》国《こく》などと呼ばれるものである。雑賀庄を治める鈴木家が最も大きかったからか、この惣国そのものを「雑賀惣国」、そこに属する者たちを「雑賀衆」と呼ぶようになった。雑賀衆には、一つの特徴があった。

――鉄砲を用いて他国に雇《やと》われる。

というものである。天文《てんぶん》十二年（一五四三）、大隅国《おおすみ》の種子島《たねがしま》に南蛮《なんばん》よりとある武器が持ち込まれ、瞬《またた》く間に戦乱の世に広がった。

雑賀衆は早くから火縄銃《ひなわじゆう》の有用性を認めて大量生産し、それを扱う技の研鑽《けんさん》に励《はげ》むようになった。そして卓越したその腕で、他国に雇われて銭《ぜに》を稼ぐようになったのだ。土壌《どじよう》が悪く、そもそも耕地が少ない雑賀庄で、多くの者を食わせるためである。

己は雑賀衆の盟主、鈴木家の嫡男《ちやくなん》に生まれ、数々の戦いに出た。皆が鉄砲の達人の域にある雑賀衆の中にあっても、己の腕は図抜《ずぬ》けており、大名にも恐れられるほどであった。

雑賀衆は大半が一向宗《いつこう》であったことから、織田信長と対峙《たいじ》する本願寺《ほんがんじ》に味方した。これは銭で雇われた訳ではない。銭が動かぬ戦《いくさ》には力を貸すべきではないと、己は頑強《がんきよう》に主張したが、他の領主に押し切られて鈴木家も参戦。それどころか、雑賀衆の盟主として織田信長と戦った。

己はその戦の中で織田信長を撃ったことがある。たまたま馬が暴れたため頭を外れ、腿《もも》に当たってしまった。

——やはりいかぬ。

その時、そう思ったものだ。このようなことは今まで無かった。雑賀衆の流儀《りゆうぎ》を曲げたため、天運が離れていると感じた。

その後、本願寺は織田信長に敗れた。雑賀衆の中にはなおも抵抗する者はいたが、鈴木家は織田家に逆らう意志がないことを示す。その証拠として、己は当主の座から退《しりぞ》いた。孫一というのは、代々鈴木家の当主が名乗るもの。故にこの時、己は孫一の名を捨てたのである。

「何とお呼びすれば？」

男は尋《たず》ねた。今の名は何か。孫一になる前の名である孫六《まごろく》か、それとも村の者たちに名乗っている甚兵衛《じんべえ》か。

「好きに呼べ」

「ならば孫一様で」

「そうか」

孫一は拘《こだわ》りなく応じた。己としては何でも良い。名など所詮《しょせん》そのようなものだ。

「私、湯浅喜助《ゆあさきすけ》と申します」

「知らぬな。湯浅党の者か」

孫一は、鍬《くわ》にこびりついた土を落としながら応じた。紀伊国の豪族の一族であろう。

「左様でございます。孫一様にお願いがあり参上しました」

「断る」

己に頼みとあれば、再び鉄砲を手に取らねばならぬこと以外に考えられない。だが孫一はすでに戦から離れた。鈴木家の当主を辞した後、一人の兵として依頼を請《う》けていた時期もある。依頼を請けて己が逃した織田信長を討とうとしたこともある。が、その信長も三年前に本能寺《ほんのうじ》で明智光秀に襲われて横死《おうし》し、それから暫《しばら》く後に孫一は鉄砲を置いた。以後、たった一発の弾丸も放ったことはない。

「蛍《ほたる》を助けて欲しいのです」

喜助は悲痛な声で、なおも訴えた。

「蛍……」

雑賀の女である。己が若い頃、郷《さと》の掟《おきて》に従って鉄砲を教えていた。相手は七から十二の子どもばかり。雑賀では男女問わず鉄砲を学ぶ。その中に蛍はおり、図抜けた才を見せた。

「お主は？」

「蛍の夫です」

なるほど。今、蛍は二十歳のはずでおかしくはない。三年前の春、祝言《しゅうげん》を上げて夫婦になったのだという。

「蛍は何を？」

「恐らく……尾張《おわり》にいると」

「戦の最中のはずだ」

今、尾張国では、実質的に織田信長の跡目を継いだ羽柴《はしば》秀吉と、織田家の同盟者であった徳川家康が激しく争っている。どちらかの陣営に雇われて出陣したということか。いや、違う。今や雑賀衆は昔のように銭で雇われることは少なくなり、大名家のような動きをしている。雑賀衆と徳川家康は、反羽柴の密約を結んでいると聞く。徳川方での参戦ではないか。

「左様《さよう》。雑賀衆は徳川と合力《ごうりき》し、羽柴と争っております」

喜助は答えた。雑賀衆は和泉《いずみ》国に進出して羽柴家を脅《おびや》かし、また一部を徳川家の陣営に援軍として送り込んでいる。

「蛍はすでに戦から退いておりました」

喜助と夫婦になった折、蛍は鉄砲を捨てたという。思うところがあったのだろう。今の己ならば、その想いが解《わか》る気がした。

しかし、蛍の父、三つ上の兄、五つ下の弟は雑賀衆として鉄砲を持ち続け、此度《こたび》も和泉国に出陣したという。

「皆、死に果てました……」

喜助は苦悶《くもん》の表情を浮かべた。皆、討ち死にしたという。特に弟は羽柴軍を散々に悩ませたらしい。故に羽柴軍の憎悪《ぞうお》も一入《ひとしお》で、惨《むご》たらしく四肢《しし》を切り刻まれていたという。その骸《むくろ》を見た三日後の昨日、朝起きたら蛍の姿が無かった。同時に鉄砲が一挺《いっちょう》消えていたという。

置手紙もあった。この三年が幸せであったこと、なかなか子が出来なかったことへの詫《わ》び、遠慮せずにまた妻を迎えて欲しいことの他、仇《かたき》である敵の大将をどうしても討ちたいことが書かれていた。

「故に尾張か」

蛍は秀吉を狙撃《そげき》しようとしている。蛍は己が教えた中でも随一の腕。秀吉の脳天を撃ち得るかもしれない。が、その時には逃げ切れず確実に死ぬだろう。

「お恥ずかしながら私の腕は並……蛍の足元にも及びませぬ。秀吉の陣に近付くことも出来ない……」

喜助は己の無力さに耐え切れぬようで、血が滲《にじ》むほど唇《くちびる》を噛《か》み締めた。

「だから俺にか」

「蛍は、孫一様の言うことなら耳を傾けるはず。何卒《なにとぞ》……蛍を連れ戻して下さい……」

喜助は滂沱《ぼうだ》の涙を流しながら幾度《いくたび》も懇願《こんがん》した。

己はただ消すよりも、小さくとも何かを生む者でありたいと思い、農民になった。殺しの螺《ら》旋《せん》から降りたのだ。だが、蛍に技を授けたのも己。ならば真《まこと》に降りるためには、蛍のことも
——。

「解った。行こう」

「おお……」

喜助は膝《ひざ》を突いて拝むように手を合わせた。孫一は銭を渡して村長《むらおさ》に田の面倒を頼むと、その日のうちに発った。現役の頃、共に戦った相棒たち。「烏《からす》」と「金鵄《きんとび》」と名付けた、二挺の鉄砲を手に。

二

「また孫一の話をしてえ」

孫の五助《ごすけ》が舌足《したた》らずに言った。五助はこの昔話が頗《すこぶ》る好きで、事あるごとにせがんでくる。

「そうさね。じゃあ……女鉄砲撃ちの話はしたかい？」

「ううん」

五助は目を輝かせて首を横に振った。

「ある時、腕の良い女鉄砲撃ちがいたのさ。家族が戦で死んでしまって、その女は仇の大将を撃つことを決めた」

当時、その大将は尾張国で戦をしていた。女であったことが幸いし、あまり警戒もされずに女は尾張国に入った。女は陣近くの森に潜《ひそ》み、大将の姿を捉えられるまで息を潜めて待った。

「一刻（約二時間）くらい？」

「一刻を知っているのかい。偉いね。でもそんなに短い時じゃあない。三日ほどさ」

「三日も！」

「ああ、鉄砲は忍耐《にんたい》こそ肝要《かんよう》なのさ」

三日後、陣が慌ただしくなった。まもなく大将が現れることを感じ、女は火縄に火を灯《とも》した。だがその時、森の中に異様な気配を感じたのである。

「女以外に森の中に誰かがいる……とな」

女は、大将を守る鉄砲撃ちだと思った。しかし、こちらが風下のはずだが、火縄の匂いはしない。余程、遠いところにいる。この距離ならば当てられるはずはない。そもそも大将を撃った後で、己が撃たれたとしても悔《く》いはない。女は陣に狙いを定め続けた。

「やがてその時が来たのさ」

大将が陣にやってきた。木々の隙間から姿の一部が見えたが、まだ十分ではない。一発で仕留めるためには、首より上を撃たねばならない。今か、今かと、女は待ち続け、やがてその瞬間が来た。

女が、霜《しも》が降りるようにゆっくりと引き金を引こうとした、その時である。一発の銃声が轟《とどろ》き、森から一斉に鳥が飛び立った。

「女は撃たれたの？」

五助は顔を顰《しか》めて訊《き》く。

「ああ、ただ死んではいない。傷を負っただけ。でももう鉄砲を撃てない傷さ」

陣が騒《ざわ》めき、武士たちが森に向かって来る。このままでは犬死《いぬじに》だと考え、女は逃げようとした。その時、森の中から弾を込めながら歩いて来る一人の男に出逢った。女を撃った者である。

「それが孫一……」

「そう」

女は自分を止めるため、夫が孫一を頼ったのだと悟った。孫一は手を押さえる女に向けて、

――もう二度と撃てぬ。

と、言った。孫一が撃ったのは女の人差し指であった。遥《はる》か遠くから見れば砂粒《すなつぶ》の如《ごと》き的《まと》に的中させたのだ。

「孫一は言ったのさ。お前は解っていたはずだ……と」

雑賀衆が銭の為に動いていたのは私怨《しえん》を生まぬため。それ以外の理由で本願寺に味方した時

から、雑賀衆の何かが狂《くる》った。私怨に次ぐ私怨、それを恐れ、嫌ったからこそお前は鉄砲を手放したはず。そして、何かを生む者になりたいと思ったのではないか。今更、その螺旋に戻るなど。そして女に向け、

――夫が待っている。行け。

と、先に逃げるように命じた。孫一は森に踏みとどまり、追って来る兵の足止めをするという。女は涙を流しながら逃げた。その途中、幾度か森に銃声が響いたが、やがてその音も絶えたという。

「その後、孫一はどうなったの？」

五助は不安げに尋ねた。

「少なくとも女は会っていないね」

「死んじゃったのかな」

「孫一はそれくらいでは死なないよ。それに……」

その後に一度だけ、女の夫が孫一の住んでいた葛城山の麓を訪ねたことがあるらしい。稲はすっかり刈《か》り取られていたという。近隣の村の者に訊くと、その田の持ち主は米を収穫した後、また別の地に流れていったらしい。

「よかった」

五助は胸を撫《な》でおろしたが、ふと気付いたように言った。

「指の傷、婆《ばあ》様と同じだね……」

「そうさね。婆様の指は誤って鎌《かま》で落としたものだけど」

「あ……ごめんなさい」

気にしていることに触れてしまったのだと思ったのだろう。五助ははっとして詫びた。

「ううん。この傷のおかげで五助にも会えたのだよ」

「どういうこと？」

「どういうことだろうね」

五助はきょとんと首を捻《ひね》り、婆様は深い皺《しわ》の刻まれた口元をふふと綻《ほころ》ばせた。


中ニモ妙手《みょうしゅ》ト聞エシハ、蛍《ほたる》、小雀《こすずめ》、下針《さげはり》、鶴頭《つるのくび》、発中《はっちゅう》、但中《ただなか》、無二、ナド云テ、此等ハ越前《えちぜん》、加《か》賀《が》、紀伊、丹波《たんば》ヨリ馳集《はせあつま》リタル兵也《なり》……（『陰徳《いんとく》太平記』）

京都府

足利義昭

旅人の家

一

秋はすっかり深まり庭の楓《かえで》も色づいている。その向こうに陽《ひ》がゆっくりと沈んでいく。今日の夕焼けは狂おしいほど赤く、微《かす》かな風に揺れる楓の輪郭《りんかく》さえも奪っていた。足利義昭《あしかがよしあき》は夕陽の中に顔を埋《うず》めるように目を細めた。

「美しい夕陽でございますな」

ふと背後から声がして首だけで振り返る。そこに立っていた男の名を柳沢元政《やなぎさわもとまさ》と謂《い》う。今では僅《わず》かしか残っていない側近である。

「鞆《とも》はよい地だ」

義昭は擦《かす》れる声で囁《ささや》くように言った。元政が曖昧《あいまい》に頷《うなず》くのを目の端に捉えた。これが本心であるか否《いな》か判断しかねているのだろう。義昭は微かに苦く頰《ほお》を緩《ゆる》めた。

義昭は足利十二代将軍、義晴《よしはる》の次男として生まれた。すでに兄の義輝《よしてる》が将軍の位を継ぐことが決まっており、義昭は跡目《あとめ》争いを避けるため、若くして興福寺《こうふくじ》の一乗院門跡《いちじょういんもんぜき》に入ることとなった。その時の法名《ほうみょう》を覚慶《かくけい》と謂う。義昭は覚慶のまま生涯を終えるはずであった。

だが将軍を継いだ兄義輝は、三好《みよし》家と険悪な関係となって殺された。義昭は三好家の重臣である松永久秀《ひさひで》に捕らわれたが、やがて幕臣の手引きによって逃れることとなる。

三好家は足利一族の中から義栄《よしひで》を十四代将軍に据《す》え、傀儡《かいらい》とすることで天下の政《まつりごと》を支配し

た。義昭は幕臣たちとともに各地を転々としながら、

——必ずや幕府の再興を。

と、心に誓ったのである。

その好機がやってきたのは、永禄《えいろく》十一年（一五六八）のこと。織田信長が幕府再興のため、己《おのれ》を奉《ほう》じて上洛《じょうらく》することを約束してくれたのである。元々、織田家は尾張《おわり》の小領主に過ぎなかったが、駿河《するが》の今川家を寡兵《かへい》で破り、ついには美濃《みの》を併呑《へいどん》するほどの勢いであった。その勢いそのままに、信長は有言実行してあっという間に上洛を果たし、足利家に仇《あだ》なす三好家を追い散らしてくれたのだ。

こうして義昭は十五代将軍として、足利家を正式に継ぐことが出来た。だが今思えば、ここが我が人生の絶頂であっただろう。

初めはしおらしくしていた信長だったが、やがて己の裁可も得ずに勝手な振る舞いをするようになった。次第に両者の溝は深まり、義昭は各地の大名に文《ふみ》を送り、信長を除いてもらうように頼んだ。そして元亀《げんき》四年（一五七三）、義昭も槇島《まきしま》城で自ら挙兵して信長に対峙《たいじ》したのである。

だが結局、どの大名も信長を打ち払うことは叶《かな》わず、槇島城もあっという間に陥落《かんらく》することとなった。

義昭は死を覚悟した。信長は将軍を殺すなど何とも思わぬほど峻烈《しゅんれつ》な性格だと知っていたのだ。だが意外にも信長は二つの道を示したのである。

「足利最後の将軍として名誉ある最期を迎えるか……それが受け入れられぬならば畿内《きない》から出て行って頂きたい」

「では、畿内から出よう」

義昭が即座に答えると、居並ぶ信長の家臣たちの顔に、一様に嘲笑《ちょうしょう》の色が浮かんだ。当の信長は呆《あき》れたような溜息《ためいき》を零《こぼ》す。

「名を取らぬと仰《おお》せか。将軍家ともあろう御方《おかた》が流人《るにん》に落ちるとは……」

家臣たちは堪《こら》えきれぬようで、卑《いや》しい笑い声をあげる者もいる。信長をじっと見据え、義昭は静かに言い放った。

「今に始まったことではない」

「ほう……それは如何《いか》なる意味で」

信長は目を細めて顔を覗《のぞ》き込む。

「足利家はとっくに天下の旅人よ」

足利将軍とはそのような家であった。初代の尊氏《たかうじ》が、大名たちに多くの領地を与え過ぎた。そのため幕府の力が乏《とぼ》しく、多くの乱を招くことになったのである。

己に至るまでの十五代のうち、半数以上の将軍が生涯で一度は京を追われている。そして戻る時もまた大名の力を借りねばならない。そういった意味では足利幕府とは創設の頃から、天下の旅人たる宿命を背負っているのだ。

戯言《ざれごと》をほざいていると思ったのだろう。信長の家臣たちには鼻を鳴らす者もいた。だが信長がじろりと睨《にら》むと、その家臣ははっとして口を窄《すぼ》めて視線を逸《そ》らした。

信長は己の近くまでさらに寄って囁くように言った。

「そのことにお気付きとは露知《つゆし》りませんでした」

「お主《ぬし》が阿呆《あほう》と決めつけておったのだろう」

義昭もまた、周囲に聴き取れぬほどの小声で返した。

「かような家にお生まれのこと、御心痛《ごしんつう》お察しします」

「何を今更《いまさら》……余《よ》は諦《あきら》めぬぞ」

「ご存分に。天下の旅人の意地を見とうなりました」

信長は不敵な笑みを浮かべた。ほんの僅かな時であったが、この笑みを頼もしいとも思っていた。かつての余韻《よいん》がまだ残っていたのか、この一瞬だけはその頃の二人に戻ったような感覚を受けた。

また各地を転ずることとなった義昭であったが、毛利《もうり》家が身柄を引き受けると言ってくれたことで、この備後《びんご》国鞆に腰を落ち着けることとなった。

義昭は幕府の再興を諦めなかった。だが織田家の威勢は凄《すさ》まじく、各地の大名をけしかけようとしても上手くいかない。庇護《ひご》してくれている毛利家も、織田家との戦いでじりじりと領地を削られていった。また地を移さねばならぬのではないかと考え始めた天正《てんしょう》十年（一五八二）、驚くべき報が入って来た。

――信長が死んだ。

という。かつては己の下で幕臣でもあった、明智《あけち》日向守《ひゅうがのかみ》光秀《みつひで》が謀叛《むほん》を起こし、京の本能寺《ほんのうじ》で討ち取ったというのだ。明智は己にも書状を送ってきた。将軍の位をまだ返上していない己を利用しようとしたのだろう。

だがその明智は僅か十一日で、信長の家臣の羽柴《はしば》秀吉に討たれた。秀吉はその後、破竹《はちく》の勢いで織田家旧家臣などを打ち滅ぼしていき、今では四国を従え、信長の頃の版図《はんと》を大きく超え、天下の大半を治めるまでに至っている。

二

天正十五年（一五八七）、秀吉は九州平定に向かう途中、義昭の住む備後国に立ち寄った。

前年、毛利輝元《てるもと》を通じ、秀吉から島津《しまづ》氏に和睦《わぼく》を勧めて欲しいと頼まれ、義昭はその旨《むね》の書状を認《したた》めた。上首尾《じょうしゅび》に終わらなかったため、このように戦《いくさ》が始まるわけだが、書状の礼を申したいという。

「上様《うえさま》。これは……」

元政は顔を強張《こわば》らせた。

「解《わか》っている」

秀吉が己の持つ征夷大将軍の位を欲しがったのは二年前のこと。今でこそ口に出すのも皆が憚《はばか》るが、秀吉の出自は公然の秘密である。征夷大将軍になるためには源平のいずれかの流れである必要があり、秀吉はこのままでは将軍になれない。故《ゆえ》に養子に入り、征夷大将軍職を譲って欲しいと頼まれた。そうすれば養父としての待遇、十分な費《つい》えを与え、足利家の名誉を取り戻す助力をするというのだ。

だが義昭はこれを一蹴《いっしゅう》した。秀吉は何度か頼んで来たがやがて諦め、菊亭晴季《きくていはるすえ》に相談して、関白に就任し朝廷から豊臣姓を賜《たまわ》ることとなった。今では征夷大将軍の位など必要無い。つまりその時に断ったことの腹いせをしようと考えているのだと見た。

義昭が秀吉と面会したのは、近郷の田辺《たなべ》寺である。二人だけではなく、今では秀吉に降《くだ》っている毛利輝元、他にも秀吉の家臣数人も立ち会うことになっている。

――そういうことか。

寺を訪ねた義昭は内心で苦笑した。恐らく時刻を己にはわざと違《たが》えて伝えたのだろう。すでに皆が集まっており、和《なご》やかに談笑している。部屋は開け放たれていて庭から見えるのだ。その部屋には己の座など見当たらない。秀吉は、すでに立ち尽くす己に気付いているようだが一瞥《いちべつ》もくれない。腐っても征夷大将軍を正面から辱《はずかし》めるのは、己の名声にも関わる。故にこのようにして笑い者にしようというのだ。

義昭は庭へと進み、賑《にぎ》やかな声が耳朶《じだ》に響く中、黙々と庭を眺めた。四半刻《しはんとき》（約三十分）、一刻（約二時間）、二刻（約四時間）過ぎたが義昭は動かない。流石《さすが》に根負《こんま》けしたか、気味悪く思ったのか、ようやく秀吉から声が掛かった。

「これは足利殿ではござらぬか！　気付かずに申し訳ござらん」

姓で呼ぶのも己を挑発しているのだろう。義昭がゆっくりと振り向くと、秀吉は卑《いや》しい笑みを浮かべている。

「いや、庭を眺めていた」

「時がある御方が羨《うらや》ましい。拙者《せっしゃ》などは忙しゅうて困っております。で、只今《ただいま》は如何にや如何に」

己がどのような境遇かは秀吉も知っている。その上であなたは今、何をなさっているのかと嫌味たらしく聞いているのだ。

「静かに暮らしている」

「それは……あの時に譲って下されば、今少しましな暮らしが出来たものの。それを誇りなどのために後生《ごしょう》大事に抱えておられるからですぞ。もっともこの秀吉、今はもう譲ると申されても受けられませぬが」

秀吉は大袈裟《おおげさ》な困り顔を作ると、秀吉の家臣たちの中には噴《ふ》き出す者もいた。

「別に誇りなどのために譲らなんだ訳ではない」

反論するとは思ってても見なかったようで、秀吉は些《いささ》か驚いた顔になった。

「では、何のために」

「意地を通す……と、お主もよく知る男に約束したでな」

それが信長であることを鋭敏に察し、秀吉は顔を強張らせた。

「あの男は少なくとも一度は余を助けた。それに比べてお主には何の恩も無い。それなのにあの男には意地を通し、お主に折れては流石に据わりが悪い」

　信長は己が鞆に去った後も、

　——そろそろ意地を曲げては如何《いかが》。

と、何度も文を寄越して来た。不思議な男である。あの一言が心の何処《どこ》かの琴線《きんせん》に触れたのか、最後になって己の見方を変えたらしい。出逢い方が変わっていれば、また違った関係が築けたのではないか。今ではそうとさえ思える。

「また虚勢を……」

　もう秀吉は言葉を選ばず、顔も怒りに染まっている。

「虚勢ではない。その証拠に、今この時をもって辞めると宣言しよう」

「何……」

「将軍を辞める。あとは好きにするがよい」

　義昭はふわりと言うと、身を翻《ひるがえ》してその場を後にした。

　寺を出ると、義昭は白い雲が悠々と流れる空を見上げた。ようやく己の、いや十五代に亘《わた》った旅が終わりを告げたのだ。

　あと己の人生はどれほど残っているのだろうか。もう僅かかもしれないが、これからは真《まこと》に己の旅が始まる。それを思うと心が妙に躍《おど》り、義昭は肩をくるりと回しながら口元を綻《ほころ》ばせた。

三

京に戻った義昭が薨去《こうきょ》したのは、それから十年後の慶長《けいちょう》二年（一五九七）のことである。子は全て出家しており、前征夷大将軍の喪主《もしゅ》が出来るほどの家臣も、その格式に見合う葬儀が出来る金も無かった。柳沢元政が奔走《ほんそう》して何とか費用を捻出《ねんしゅつ》したものの到底足りない。費用が少なすぎて、棺桶《かんおけ》を作る職人すらなかなか集まらなかったほどである。葬儀を引き受けた寺院の僧も、

「このような寂しい葬儀とは……さぞかし無念なことでございましょう」

と、憐《あわ》れみと驚きの入り混じった何とも言えぬ声を上げた。

「いえ、上様は葬儀すらいらぬと仰《おつしや》っていたのです。これは拙者の一存でのこと」

元政は鷹揚《おうよう》に首を横に振った。

「真に……」

「はい。ご先祖様も含め十五代の将軍の中で、僅かなりとも自らの旅をしたのは己だけだろう。それで十分だと満足げに」

僧には意味が解らなかったのだろう。首を傾《かし》げていたが、元政はそれ以上何も言わずに微笑《ほほえ》みで返すと、西の空へと目をやった。あの日のように眩《まばゆ》いほどの茜《あかね》に染まっている。

旅の最後と夕焼け空を重ねておられたのではないか。今頃になってふと気づき、元政は穏や

かに微笑むと、夕陽に向けて深々と頭を下げた。

秀吉征夷大将軍にならんと欲す。権大納言《ごんだいなごん》源義昭に請《こ》ひて曰《いわ》く。公其《そ》れ我を養ふべし。我将軍とならん……（『豊臣秀吉譜《ふ》』）

大阪府

豊臣秀吉

土を知る天下人

一

麗《うら》らかな陽射《ひざ》しが差し込んでいる。風は爽《さわ》やかであるが、二刻（約四時間）以上休みなく鍬《くわ》を振るっているため、額からは汗がとめどなく噴《ふ》き出していた。

伴次郎《ばんじろう》は鍬を地に突き刺すと、首に掛けた手ぬぐいで額の汗を拭《ふ》いた。畦《あぜ》に咲いている野花の間を縫《ぬ》うように、白い蝶《ちょう》が二匹、じゃれ合うようにして飛んでいるのを目で追いながら、伴次郎は大きく息を吸い込んだ。

土の匂《にお》いなどどれも同じだと言う者がいるが、伴次郎はそうは思わない。季節ごとの匂いというものがあるのだ。今、鼻孔《びこう》に広がった土の香りは、まさしく春のものであった。

「少し休むか」

誰に向かって言った訳ではない。敢《あ》えて相手を求めるならば、先ほどから目で追っている蝶たちにである。

畦に腰を掛けて空を見上げた。白い雲が悠々《ゆうゆう》と流れている。

伴次郎は百姓である。いや、百姓というのもおこがましいほどの小身《しょうしん》であった。

伴次郎には歳の離れた兄が二人いる。長兄は先祖からの田畑を引き継ぎ、次兄は田畑を分けて貰《もら》った上、新たに山野を拓《ひら》いてしっかりと分家した。

もとは百姓の中でも田を多く持っているほうだったので、長兄は三男の己《おのれ》にも田を分けてくれた。ただし次兄よりももっと少ない、僅《わず》か一反《たん》ほどの田である。

これだけでは到底やっていけない。飢饉《ききん》でもくれば、すぐに飢《う》え死にしてしまう。故《ゆえ》にこうして僅かながらでも畑を拓き耕しているのだ。

こんな身代《しんだい》では、来てくれる嫁などいるはずもない。伴次郎は齢《よわい》三十五となった今でも独り身であるし、これからもずっとそうだと諦《あきら》め切っている。

本家の長兄はすでに老境に入って隠居し、その子、つまり伴次郎からすれば甥《おい》が後を継いでいる。なかなか吝嗇《りんしょく》な男で、後を継ぐ者もいない伴次郎が死ねば、たった一反の田であるが本家に返るため、

――早く死なぬものか。

などと、憚《はばか》らずに言っていると耳にしている。それでも伴次郎は怒ることはなかった。元来、感情の起伏《きふく》が少ない性質《たち》なのかもしれない。

感情だけでなく欲も無い。敢えて挙げるならば、白い飯を死ぬまでに、たらふく食ってみたい。その程度である。

このまま何一つ誇ることなく、猫の額ほどの田畑を耕して死ぬだけの一生。伴次郎はそれで十分満足していた。

いや、このような己にも誇ることが二つばかりある。一つは今の天下人である豊臣秀吉と、同郷だということだ。

秀吉はこの尾張《おわり》国中村の生まれである。その頃は藤吉郎《とうきちろう》と謂《い》ったらしい。らしいというの

は、伴次郎にはその記憶がとんと無いのである。

　秀吉は伴次郎が三歳になる頃に村を出て、織田家に小者《こもの》として仕《つか》えた。十年前に死んだおっ母《かあ》は、

　――伴次郎の頭を撫《な》でてくれたこともあるんだで。

などと、きつい尾張訛《なまり》で言っていたが、それも全く覚えていなかった。

　だが秀吉がこの村で生まれ、暮らしていたということは何とも誇らしい。百姓から天下人まで駆け上がるなど、学のない己でも空前絶後のことだと理解出来る。

　残る一つも、その秀吉に絡《から》んでいる。

　当時、織田家が敵対していた斎藤家との領地の境である墨俣《すのまた》に、秀吉が城を建てた時の話である。並み居る重臣たちが失敗した後、秀吉が成功したものだから、自らが活躍したかのように中村の者たちも沸《わ》き上がった。

　何か祝いの品を持って行こうとなったが、百姓には大した物など用意出来ない。何とか捻《ひね》り出したのが牛蒡《ごぼう》であった。

　牛蒡は育てるのが難しく、その割に高く売れない。故《ゆえ》に野に出来ているものを採るのみで滅《めっ》多《た》に口にしない。村の古老《ころう》が、秀吉がこの牛蒡を好きだったことを思い出したのだ。

　――伴次郎、牛蒡を用意しろ。

　長兄はそのように己に命じた。

　伴次郎が土の香りを敏感に嗅《か》ぎ分けられるのは、子どもの頃から変わらない。季節だけでな

く、山菜、あるいは件《くだん》の牛蒡が育ちやすい土も微妙に匂いが異なる。その特技を用いて、伴次郎は牛蒡を良く見つけていたのである。

もっともその訳を土の匂いと言っても、誰も信じてはなかった。阿呆《あほう》が何か言っている程度にしか思わなかったのだろう。ともかくそのようなことで、伴次郎が掘った牛蒡を届けたのだ。

「皆、良く来てくれた！」

秀吉は嬉々《きき》として迎えてくれた。これも、「らしい」である。

伴次郎は牛蒡を献上する一行には加えて貰えなかった。だが秀吉は大層喜び、その場で湯がかせて旨《うま》そうに齧《かじ》っていたと聞いたのだ。

以降、秀吉が大名になった時、長浜《ながはま》城の改修が終わった時、中国方面の司令官に任命された時、節目節日に中村の者は、伴次郎が掘った牛蒡を届けた。

やはり伴次郎は同行を許されなかった。だが秀吉はいつも嬉々として牛蒡を齧っていたと聞いた。

秀吉も己が掘った牛蒡だなどとは知らないだろう。だが伴次郎にとってそれは、己の一生において唯一誇れることであったのだ。

二

今年、また牛蒡を献上することになった。秀吉が朝廷より豊臣の氏《うじ》を下賜《かし》された祝いのためである。

甥に命じられて伴次郎は、また牛蒡を掘った。土の香りを閉じ込めた太々とした牛蒡である。

今回はこれまでと変わったことがあった。大坂に着いた中村の村長《むらおさ》たちは、あまりに巨大な城に腰を抜かしそうになるほど驚いた。

しかも秀吉への祝いの品を持った各地の大名や、豪商が列を成しており、金、銀、名刀、茶器、絹《きぬ》の反物《たんもの》、あるいは鷹《たか》、駿馬《しゅんめ》などの立派な献上品を携《たずさ》えている。

――牛蒡なぞは恐れ多くて献上出来ぬ。

村長はそう考えて引き返そうとしたという。その時、通り掛かった行列から声を掛ける者があった。秀吉の弟、秀長《ひでなが》である。

秀長も当然、中村の出身で、当時は小一郎《こいちろう》と呼ばれていた。秀吉が世に出て数年後に呼び寄せられて村を出たため、伴次郎もその顔を覚えている。

「お主《ぬし》ら、中村の者であろう！　懐かしいな！」

秀長は気さくに話しかけて来てくれた。これを幸いと思った村長は、牛蒡を祝いに届けようと思ったが、場違いであるため秀長に預けたいと申し出た。

「そのようなことをすれば、兄上にお叱《しか》りを受けるわ。早《はよ》う、儂《わし》と共に来るがよい」

秀長は有無《うむ》を言わさず、中村の者たちを城へ連れて行った。びくびくする皆をよそに、秀長は台所まで案内すると、

「ここで暫《しば》し待ってくれ」

と言い残して去っていった。そわそわ待って暫《しばら》くすると、慌《あわ》ただしい跫音《あしおと》が聞こえて来た。

「よく来てくれた！　牛蒡か⁉」

秀吉は顔を見せるなりそう言ったので、皆が思わず噴き出してしまった。秀吉は意外なほど喜び、挙句に多忙にもかかわらず酒宴まで開いてくれた。

酒宴には弟の秀長の他に、同じく中村出身の秀吉の母なか、妻の寧々《ねね》まで顔を見せ、懐かしい話に花が咲いた。さらに秀吉の歓待はこれで留《とど》まることはなかった。

「皆を手ぶらで帰す訳にはいかんでよ。土産《みやげ》をやらにゃあ」

秀吉は尾張訛でそう言った。

「土産など滅相《めっそう》も……」

断ろうとする村長に対し、秀吉は白い歯を覗《のぞ》かせながら言った。

「中村の年貢《ねんぐ》を永年免除としよう。良い土産じゃろう？」

あまりの望外の「土産」に皆が啞然《あぜん》となった後、何度も何度も礼を述べた。

秀長はその様子を微笑《ほほえ》ましく見つめ、寧々はにこりと笑い、なかは目尻に涙を浮かべていた。そして何より秀吉は嬉《うれ》しそうで、頷《うなず》きながら皆の肩を優しく叩《たた》いて回ったらしい。

三

それから五年の月日が流れた。いよいよ秀吉は関東の北条家を滅ぼし、天下に敵する者は一人もいなくなった。

年貢が免除されたことで、中村の百姓たちの暮らし向きは裕福となっている。屋敷を作り替える者、しっかりと銭《ぜに》を貯める者、伴次郎の甥などは浮いた分を元手に商《あきな》いを始めた。

伴次郎はどうか。元が一反しかない田なのだから、収める年貢も微々《びび》たるものである。確かに幾分《いくぶん》か楽にはなったが、贅沢《ぜいたく》が出来るほどではない。

変わらずに小さな田、小さな畑をせっせと耕し、時折山菜、山芋、そして牛蒡を掘るだけの毎日であった。

「儂らがこのように裕福になったのも、関白殿下《かんぱくでんか》のおかげだ。お礼に伺《うかが》おうではないか」

村長は皆を集めてそう言った。

その会合の場に伴次郎はいなかった。そろそろ牛蒡を掘らねばなるまいなと支度《したく》を始めたが、隠居した長兄が呼び立てて、意外なことを口にした。

「牛蒡はもういらぬ。皆で金を出し合い、刀と馬を贈ることにした故な」

「しかし……藤吉郎様……いえ関白殿下は牛蒡がお好きなのでは？」

「もうそのような貧乏臭いものはいらぬ。前回も、我らを気遣《きづか》って喜んだふりをして下さっただけだ」

「そうですか……」

伴次郎は零《こぼ》すと、長兄の建て替えた豪奢《ごうしゃ》な屋敷からとぼとぼと帰った。

甥が血相《けっそう》を変えて訪ねて来たのは、それから一月《ひとつき》後のことであった。

「伴次郎！　すぐに来てくれ！」

甥は己を呼び捨てにして腕を摑《つか》むと、ぐいぐいと引っ張っていった。向かった先は村長の屋敷である。

「伴次郎、大変なことになった……」

「はあ」

首を捻った伴次郎に対し、村長はこの間に起こったことを滔々《とうとう》と説明した。

中村の者たちは、立派なお礼の品を用意して大坂に向かった。秀吉は前回と同様、気軽に面会してくれたという。そこまでは良かった。

だが礼の品を差し出した瞬間、その表情をさっと変え、

「愚か者！　何故《なにゆえ》、このようなものを！」

と、怒気《どき》を込めて声を荒らげたというのだ。それだけではなく、

「中村の年貢の免除、取りやめることも考える」

そう付け加えたものだから、村長たちは頭を畳《たたみ》に擦《こす》り付けて詫《わ》びた。

「申し訳ございません！」

「牛蒡を持って来てくれ」

「はい！　今すぐ中村に戻り、伴次郎に掘らせます！」

「伴次郎？」

秀吉はひょいと首を傾《かし》げた。村長は慌てていたから伴次郎の名を出してしまったのだ。尋《たず》ねられれば答えるしかない。伴次郎という百姓の三男がおり、様々な土の匂いの違いが判《わか》るという変わり者だということ。その伴次郎がこれまで牛蒡を掘っていたこと。村長は包み隠さずに全てを話した。

「ほう。その伴次郎、大坂へ連れて来い」

秀吉は顎《あご》に手を添えてそう言ったという。

話を聞き終えた伴次郎は身が震えた。光栄だからか、恐怖からか、己でも解《わか》らぬ感情が胸に渦巻いている。

四

伴次郎は皆と共に大坂へ向かった。初めて見る大坂城は荘厳《そうごん》で、町々には人が満ち溢《あふ》れていることに吃驚《びつくり》した。

大坂城を訪ねると、話が通っていたようで一室に通された。村長をはじめ皆がそわそわとする中、伴次郎は頭を垂れつつその時を待った。

跫音が近づいて来る。それは上座《かみざ》で止まらず、己の前までやってきた。白い足袋《たび》が視界に入るほど近い。

「そちが伴次郎か。面《おもて》を上げよ」

「はい……」

伴次郎は恐る恐る顔を上げた。

「土の匂いの違いが判るとか？　どのような違いがある」

「春はこう丸く優しく……夏は咽《むせ》かえるほど生々しいのです。秋は香ばしく……そう、芋を焼いたような」

馬鹿なことを話すなと、村長が目配せをする。だが秀吉は手を打って声を上げた。

「芋か！　確かに似ているのう」

「殿下も土の匂いが……？」

「判るでよ。これでも元々は百姓だで。では冬は？」

「冬は……少し鼻の奥を刺すようなぎゅっと詰まった……」

「そうそう。土も春を待っているかのような匂いだな」

「はい！」

伴次郎が頷くと、秀吉はにかりと笑った。

「ふふ。そうか、そうか。で、牛蒡を持ってきてくれたか？」

「太くて旨そうなのが採れました」

伴次郎が口元を綻《ほころ》ばせると、秀吉はきゃっと高い喜びの声を出した。

「そりゃあ楽しみだで。お主が掘った牛蒡はほんに旨いでのう」

秀吉は遠くを見つめながら続けた。

「儂は信長様のもとで懸命に働いた。命を懸けて出世した。そりゃあな、貧しい百姓たちが戦《いくさ》などで苦しまず、豊かに暮らせる国を造りたいと思っていたからよ……」

「豊かな国……」

「そうじゃ。だが武士をしている内に欲が出て、百姓を蔑《ないがし》ろにしようとする己もいる……お前の牛蒡は、その欲を消してくれた。偉《えろ》うなるたびに牛蒡を食べ、中村を思い出したのだ」

秀吉は自らに言い聞かせるように頷くと、満面の笑《え》みを浮かべた。望むままに何でも手に入れられるようになった秀吉にとって、中村の牛蒡は代えがたいものになっていたらしい。

「村長、年貢のことだがな」

秀吉が言うと、村長はびくんと肩を動かした。何という言葉が次に来るのかと、その顔は真っ青になっている。

「これからもまた牛蒡を届けてくれるか？」

「そ、それは……お届け致します。約束します」

村長はこくこくと頷きつつ、早口で答えた。

「ただし……儂は伴次郎の掘ったものが良い」

村長がこちらに視線を送るより早く、伴次郎は敢然《かんぜん》と言い切った。

「掘ります」

「頼むぞ。よし、伴次郎に免じ、年貢のことはこのままとする。また楽しみにしているぞ」

伴次郎は唇《くちびる》をぎゅっと窄《すぼ》めつつ、深々と頭を下げた。

牛蒡を掘らねばならぬ百姓が、村で如何《いか》なる扱いを受けているか。それも全て承知で、己の顔を立てようとしてくれているのではないか。それは少し勘繰《かんぐ》り過ぎかもしれないが、古今の天下人の中で、唯一土の香りを嗅ぎ分けられるこの人ならば有り得ると思った。

事実、中村に帰ってから村長が、

――伴次郎のおかげで助かった。

と話してくれたことで、兄たちや、甥の己への当たりは全く違うものになった。

伴次郎は約束を交わした通り、秀吉にめでたいことがある度に牛蒡を掘り届けた。秀吉はいつも喜んで迎え、すぐに湯がかせて頰張《ほおば》ってくれたこともあった。

その秀吉が世を去ったのは慶長《けいちょう》三年（一五九八）八月十八日のことである。死後、神として祀《まつ》られたために葬儀は行なわれていない。

その社《やしろ》である豊国《とよくに》神社の前に、沢山の牛蒡が置かれていたことがある。供《そな》え物にしてはみすぼらしい。だが悪戯《いたずら》にしては意味が解らぬと、見つけた禰宜《ねぎ》は眉《まゆ》を寄せて首を捻った。


北条氏御誅伐《ごちゅうばつ》あつて、会津迄《あいづまで》御動座御帰陣《ごどうざごきじん》に及び、（中略）さて中村に一宿遊ばされ、在所《ざいしょ》の者に、永代《えいたい》千石の領知下《りょうちくだ》し給《たま》ふなり……（『清正《きよまさ》記』）

香川県

十河存保

三好の舳《みよし》

一

「潮時《しおどき》か」

自室で一人、孫六郎《まごろくろう》は深い溜息《ためいき》を零《こぼ》した。

齢《よわい》三十三。まだまだ壮健《そうけん》であるどころか、将として最も脂《あぶら》が乗っている頃である。だが、疲れ果てたというのが正直なところである。躰《からだ》も酷使《こくし》してきたが、それ以上に気力が湧《わ》かぬ。これ以上、何をすればよいのか。何が出来るというのか。そのようなことばかりが、常々頭の中を巡っている。

孫六郎の伯父《おじ》を三好長慶《みよしながよし》と謂《い》う。かつては畿内《きない》を掌握《しょうあく》し、幕府の実権をも握っており、実質的な天下人といえる人であった。

三好長慶は四兄弟であった。弟に三好実休《じっきゅう》、安宅冬康《あたぎふゆやす》、十河一存《そごうかずまさ》がいる。うち二人の姓が異なるのは、他家に養子として送り込んで勢力を伸ばした結果である。

天文《てんぶん》二十三年（一五五四）、孫六郎は三好実休の次男として生を享《う》けた。まだ三好家が隆盛《りゅうせい》を極めていた時代である。

父の実休は文武に優れており、兄の長慶をよく補佐した。だが戦《いくさ》の最中、僅《わず》か三十六歳で討ち死にしてしまった。孫六郎が九歳の時のことである。

前年に末弟である十河一存が病《やまい》で死んでいたこともあり、長慶は酷《ひど》く落ち込んだ。さらに翌年、期待を寄せていた嫡男義興《ちゃくなんよしおき》まで病死したことで、塞《ふさ》ぎ込んで寝込むような日さえ多くなっていった。

その翌年、長慶は、残った唯一の弟である安宅冬康を呼び寄せて切腹を命じる。謀叛《むほん》を企《たくら》んでいたためと言われているが、実際のところはよく解《わか》っていない。何者かからの讒言《ざんげん》でさえも、正常に判断出来るような状態ではなかったと聞く。

同永禄《えいろく》七年（一五六四）、長慶は失意のまま死んだ。理由は病ということになっているが、自死したのではないかという風説も流れた。真実はともかく、長慶が相当に塞いでいたことは確かであろう。

孫六郎は叔父の十河一存の末期《まつご》養子として十河家に入った。長慶の嫡男義興が急死したことで、十河家から三好本家に養子を送ったため後継ぎが不在となっていたのだ。そこで孫六郎は、

――十河孫六郎存保《まさやす》。

と、名乗ることとなった。

まるで何かに呪われているかのように中枢《ちゅうすう》の者が相次いで死んだことで、三好家の勢いにも翳《かげ》りが見え始めた。敵対する勢力の反攻、これまで三好家に従っていた者の離反、加えて一門どうしの内訌《ないこう》。三好家は日に日に衰退していった。

そのような三好家にとって止《とど》めとなったのは、織田信長の台頭である。信長は将軍足利義昭《よしあき》を奉じて上洛《じょうらく》を始めた。三好家はこれに対抗したものの敗れ、後は信長に従う者と、なおも

抵抗する者に大別された。

当主三好義継《よしつぐ》は、当初は信長の傘下《さんか》に入ったものの、やがて突如として離反。信長は烈火《れっか》の如く怒り、義継の若江《わかえ》城を攻めて滅ぼした。

孫六郎は十河家の本拠である讃岐《さぬき》国十河城にあって、信長に抵抗を続けた。一時期は海を渡って信長と戦ったこともある。だがその最中も三好家中での内輪もめは続き、そちらにも気を配り、時には軍を率いて討伐をした。当時を振り返ると己《おのれ》でも、八面六臂《はちめんろっぴ》の活躍をしたと思う。この頃には孫六郎は三好家の実質的な当主となっており、時には三好姓を用いることもあった。

孫六郎が奮闘する最中、また新たな敵が出来《しゅったい》した。

――長宗我部元親《ちょうそかべもとちか》。

である。かの男は小領主の出身ながら土佐《とさ》一国を従え、さらには四国統一を掲げて阿波《あわ》、伊《い》予《よ》、そして讃岐まで侵攻してきた。

これが、対立する三好家中の連中より遥《はる》かに手強《てごわ》い。海を隔てていないということもあり、織田信長よりも厄介《やっかい》であった。

「三好代々の地を守れ！」

孫六郎は味方を鼓舞《こぶ》し、何度も長宗我部軍と戦った。孫六郎も戦上手だと自負しているが、元親は頗《すこぶ》る用兵が上手《うま》い。しかも長宗我部家の方が圧倒的に兵力も多いこともあり、徐々に押されていくことになった。

もはや風前《ふうぜん》の灯火《ともしび》と思われたが、天はまだ三好家を見捨てはしなかった。友好な関係を保っていた長宗我部、織田の両家の間に亀裂《きれつ》が入ったのだ。信長としても、長宗我部家に四国の全てを取らせるのは惜《お》しいと思ったらしい。

その対立に付け込み、孫六郎は織田家に近付いた。信長としても、三好家と長宗我部家に手を組まれたら面倒だと思ったらしい。この方針転換は上手くいった。織田家の助力を得て、存保は反攻に転じることが出来たのである。

だがそれも長くは続かなかった。織田信長が京の本能寺《ほんのうじ》にて、家臣の明智光秀の襲撃を受けて横死《おうし》したのだ。

「これはまず過ぎる……」

その時、孫六郎は壊れたように何度も繰り返した。

織田家という後ろ盾《だて》を失ったことで、長宗我部家は意気揚々《いきようよう》と攻め寄せて来た。十河軍は、讃岐の十河城に三千余と共に籠《こ》もって奮戦した。十倍からなる長宗我部軍を二度も撃退したほどである。が、寡《か》は衆《しゅう》に敵せず、三度目の猛攻に遂に十河城は陥落した。孫六郎は辛《から》くも城を脱出して畿内へと向かった。

中央では織田信長の家臣であった羽柴《はしば》秀吉が力を伸ばし、織田家の後継者として天下に覇《は》を唱えん勢いであった。この秀吉を頼って落ち延びたのである。

やがて秀吉は、大軍を興《おこ》して長宗我部家の討伐に乗り出した。捲土重来《けんどちょうらい》、孫六郎はその先鋒《せんぽう》として獅子奮迅《ししふんじん》の活躍を見せた。やがて長宗我部家は敗退し、土佐一国に押し込められた。

孫六郎に恩賞が与えられた。当初は讃岐一国を返還するという約束だったのだが、与えられたのは、

――讃岐三万石。

たったそれのみである。

「約束が違う！」

孫六郎は憤《いきどお》ったものの、相手は今や天下人になろうとしている秀吉。どうにかなる訳ではない。しかも秀吉は自身の甥《おい》を一門の三好康長《やすなが》の養子にして、三好信吉《のぶよし》と名乗らせた。

「そういう算段か……」

このことを聞き、孫六郎は天を仰いだ。秀吉は三好家を乗っ取ろうとしているのだ。これまでならば、どうにか挽回《ばんかい》の手をと思考を巡らせた。身を粉にして働いた。だがここに来て、張り詰めていたものが切れるのを感じた。

生まれてから今まで安息の日は無かった。ずっと三好家のために奔走《ほんそう》してきたのだ。だが、いずれ三好家は乗っ取られる。己はたった三万石。しかも秀吉の家臣で、素性《すじょう》も知れぬ仙石秀《せんごくひで》久《ひさ》の与力《よりき》大名の立場でしかない。孫六郎の精根《せいこん》は尽き果て、残る一生をただ茫《ぼう》と生きていくことを決めた。

二

四国攻めの翌年、秀吉は九州討伐に乗り出した。薩摩《さつま》の島津《しまづ》家が九州統一を目指し全土を席《せっ》捲《けん》していたのである。四国攻めに酷似《こくじ》している状況である。

孫六郎にも出陣の命が下った。軍監《ぐんかん》は仙石秀久。実質の大将である。孫六郎と同じく、麾下《きか》にはあの長宗我部元親も入った。かつて死闘を繰り広げた相手と陣を並べるのだ。武士とはつくづく因果《いんが》なものである。

豊前《ぶぜん》に上陸して、孫六郎は空を見上げた。目指していたのは、三好家隆盛の地である東。しかし、今、己はこうして西の地にいる。思い描いた一生とは大きく異なっている。

――今、己に何があるのか。

と、改めて脳裡《のうり》を過《よぎ》った。何も無い。それが答えである。

島津家当主の弟である家久《いえひさ》の軍が近くに陣取っている。沖田畷《おきたなわて》の戦いで、寡兵《かへい》ながら龍造寺《りゅうぞうじ》軍を撃破し、当主まで討ち取った戦上手である。その家久の軍がじりじりと後退しているという報が入った。これを仙石秀久は恐れをなして退却しているものと見て、

「今こそ追撃すべし」

と、強く主張した。

「これは釣《つ》り野伏《のぶせ》でしょう」

反論したのは、長宗我部元親である。島津家が得意とする戦術の一つで、退却を装って追撃してきたところに、伏せておいた兵で数方向から猛攻を加えるというものである。

「拙者《せっしゃ》も同じ考えです」

孫六郎も賛同した。長宗我部元親という男は、敵として戦った時は真《まこと》に手強い男であった。だからこそ、その戦術眼は信用に能《あた》う。また仮に元親が言わずとも、

――これは罠《わな》だ。

と、孫六郎も思っていた。

「いや、そうでないかもしれぬではないか」

仙石はなおも頑強《がんきょう》に言った。よく聞けば、この男にはこの男なりの事情があるらしい。昨今、罠を警戒して追撃しなかった秀吉の子飼いが、その怯懦《きょうだ》を咎《とが》められて改易《かいえき》追放となったという。仙石としては仮に罠であったとしても、今は追うという選択しか取れぬという。冷や汗を流しながら弁明する。

「不便《ふべん》なものだ」

孫六郎は零した。

それぞれの家の事情がある。三好家もかつてはこうして、配下に無理を強《し》いてきたのかもしれない。長宗我部に感じた因果、仙石に感じた不便、これら二つの要素で武士を語り尽くせるのかもしれない。

「やるしかないようだ」

元親は頬《ほお》を撫《な》でつつ、こちらを見た。

「そうさな」

孫六郎は細く息を吐いて頷《うなず》く。

仙石、長宗我部、そして十河の三隊は揃《そろ》って島津軍を追撃した。

「このまま押し通せ！」

孫六郎は馬上で槍《やり》を振り回しながら自らも突貫《とっかん》する。やはり臭う。罠である。が、このまま一気に中央を崩《くず》せば勝機がある。十河隊の進撃が鈍《にぶ》くなったところで、代わって長宗我部隊が前へと出る。島津の兵もこちらの猛攻に焦《あせ》りの色が見えた。

しかし、ここで周囲から喊声《かんせい》が起こった。やはり釣り野伏である。左右から挟撃《きょうげき》されて浮足立つも、

「まだだ。大将を討て！」

と、咆哮《ほうこう》して進軍を命じた。

真っ先に崩れたのは仙石隊である。仙石隊が特別に弱いという訳ではなく、島津軍が兵力を集中させて崩そうとしているのだ。

乱戦である。大名までが自ら槍を振るっている。その中、

「十河!!」

と、呼ぶ声がした。元親である。こちらに馬を寄せると、

「我らが殿《しんがり》を務める。退《ひ》け」

と、続ける。すでに元親の嫡男、信親《のぶちか》が周囲の制止も聞かずに殿を買って出て、敵中へと突撃を敢行《かんこう》したという。元親の顔には悲愴《ひそう》が滲《にじ》んでいる。子が行くならば、己もまたここで死んでもよいという覚悟であろう。

「ご嫡男はそれを望んでいる訳がなかろう」

「……だが、殿が足りぬ。あと一人は踏み留まる必要がある」

「俺が行こう。どうせ生きていてもやることがない」

「何……お主は三好家を……」

「三好という船はとうに沈んだ。今は舳先《へさき》だけが大海に漂《ただよ》っているようなものだ」

孫六郎は絶叫が渦巻《うずま》く中で苦く笑った。三好家にとって海は身近なものだ。敗れて海を渡って力を溜《た》め、再び海を渡って勝つことを繰り返した。そのような一族なのだ。その血が流れているが故《ゆえ》に、咄嗟《とっさ》に船の譬《たと》えが浮かんだのかもしれない。

「お主は三好の舳《みよし》か」

元親は真顔で言った。舳先のことを舳ともいう。孫六郎としては掛けたつもりはなかったが、元親に言われて軽く噴《ふ》き出した。

「面白い。気に入った」

「頼む。三好殿」

元親はじっと見つめ、その姓で呼んだ。

「ああ、行け」

孫六郎は元親を見送ると、麾下《きか》に向けて大音声《だいおんじょう》で吼《ほ》えた。

「我ら三好の舳として敵に斬り込み、天下にその名を留めん。皆の者、続け!!」

孫六郎は馬を駆った。不思議なほど気持ちは晴れやかであった。ずっと取り戻そうとしていたものに、今ようやくなれたような気がしたのである。怒号の波を切り裂き、孫六郎は突き進む。敵勢の上の空は、まるで海のように青く、哀《かな》しいほどに美しく、孫六郎はふっと頬を緩めた。

三好實休《じつきゆう》末子ニテ讃州《さんしゆう》之十河養子ニ成。十河ト云所《いうところ》之《の》城主タルユヘ皆人十河殿ト申候ヘドモ……（『十河物語』）

高知県

長宗我部元親

土佐の土産

一

長宗我部元親《ちようそかべもとちか》は居並ぶ家臣たちの顔を見渡した。いずれも険《けわ》しい面持《おもも》ちをしており、評定《ひようじよう》の間《ま》には唸《うな》り声が満ちている。すでに半日近く話し合っているのだが、一向に纏《まと》まる様子は見えない。

「これで十分ではないか？」

谷忠澄《ただずみ》が重々しく口を開いた。すでに齢《よわい》は五十を超え、これまで数々の功績を上げていた。長宗我部家の中でも一、二をなすほどの老臣である。

「拙者《せつしや》は足りぬと思います」

末席から反論したのは、中島重房《しげふさ》であった。元親の近習《きんじゆ》を務めており、才気煥発《かんぱつ》で若手の有望株と目《もく》されている。

此度《こたび》の評定、集まっているのは谷のような老臣だけではない。いや、初めは老臣たちだけで決しようとしたのだが、

――我らも是非《ぜひ》。

と、中島を中心に若手から声が上がった。故《ゆえ》に過去にも類を見ない大人数での評定となっている。

「何だと」

中島の意見に対してむっとしたのか、谷は眉間《みけん》に皺《しわ》を寄せた。

「今少し長く」

「馬鹿な。これ以上長くなど――」

「馬鹿とは異《い》なことを申される。谷様は上方《かみがた》衆の物笑いになってもよろしいのですか」

「そうは申しておらぬ。ただ土佐《とさ》の侍は存外気の小さき者どもと、却《かえ》って笑い者になると儂《わし》は思う」

「なりませぬ」

「何を根拠に……そもそも、これでは戦《いくさ》で後《おく》れを取ることにもなりかねん」

「これも戦でござる」

普段ならば身分の違いもあって、中島がここまで食い下がることはない。だが本件に関しては多くの若手の支持を得ていることもあり、中島は強気である。

一方、老臣たちは概《おおむ》ね谷の味方である。味方であるが、あまり口出しして助けようとはしない。恐らく己《おのれ》でもよく解《わか》っていないからであろう。

「殿は如何《いかが》お考えでしょうか」

中島が勢いに任せて迫って来た。

「うむ……」

老臣、若手共に一斉に視線を己に集める中、元親は唸り声を上げて間を置いた。もし本心をそのまま吐露《とろ》すれば、

――どちらでもよいだろう？

と、いうところである。ここだけ切り取れば、何と投げやりな主君だと思う者もいるかもしれない。

だが此度の議題が議題である。論じているのは戦のことでも、政《まつりごと》のことでもない。今、多くの長宗我部家臣が雁首《がんくび》を並べて論じているのは、

――袖《そで》を、袴《はかま》を、あと少し長くするか否《いな》か。

と、いうことなのだ。元親は熱い視線に耐えかね、目を逸《そ》らして気付かれぬように溜息を漏《も》らした。

元々、土佐国は七雄《しちゆう》と呼ばれる七人の国人《こくじん》領主によって治められていた。長宗我部家は七雄の中で、最も小身《しょうしん》の国人の家であった。故に元親の祖父の代には、他の国人に攻められて領地を失い、一時は逼塞《ひっそく》していたこともある。

父の国親《くにちか》は、もとの領地を取り戻すことに生涯を捧《ささ》げた。その後を継いだのが元親である。元親は軍略の才があり、他の国人たちを次々に破っていき、遂《つい》には国主である一条《いちじょう》家まで滅ぼして土佐国を統一するに至《いた》った。

元親の躍進《やくしん》はここで留まることはなかった。伊予《いよ》、阿波《あわ》、讃岐《さぬき》へと侵攻し、四国の統一を目《もく》論《ろ》んだのである。

その夢はほぼ成った。が、あと一歩というところで破れてしまった。織田信長の後を継ぎ、天下第一の大勢力となった羽柴《はしば》秀吉が攻めて来たのだ。

長宗我部家は激しく抵抗したものの、兵の数、物量で圧倒され、降伏せざるを得なくなった。そして秀吉により領地を没収され、もとの土佐一国に押し込められてしまったのだ。

口惜《くちお》しい想いはあるが、土佐が残っただけでもよしとせねばならないだろう。

天正《てんしょう》十三年（一五八五）十月の中旬、家臣たちの反対を押し切り、元親は歯を食い縛《しば》って、礼を述べるために秀吉のいる大坂に赴《おもむ》いた。

堺《さかい》に着くと、秀吉の弟である羽柴秀長《ひでなが》に迎えられ、案内役として藤堂高虎《とうどうたかとら》が付けられた。大坂城の城門前を守る警固の者に、これよりは小姓《こしょう》一人、草履《ぞうり》取り一人の二人しか供が出来ぬと告げられると、

「主人の供をするのは当然。許されぬならばここで腹を切る！」

と、長宗我部家臣団は烈火《れっか》の如《ごと》く怒った。騒ぎを聞きつけて駆け付けた者が出て、門を守る兵は五十人を超え、一触即発《いっしょくそくはつ》の様相《ようそう》を呈《てい》した。

「長宗我部の者は通せと仰《おお》せだ！」

高虎がすぐに秀吉の許しを得て、間を取りなさねば、戦が始まっていてもおかしくないほど。それくらい両家の間には剣呑《けんのん》な雰囲気が流れていた。

――これが秀吉か。

謁見《えっけん》した元親は、秀吉が想像以上に小男なことに些《いささ》か驚いた。

「早々の上洛《じょうらく》、感じ入る。よう来てくれた」

秀吉は自ら手を握らんばかりに喜んだ。が、その小さな躰《からだ》から異様なほどの覇気《はき》が滲《にじ》み出て

いるのを、元親は鋭敏に感じ取った。

「もてなしてやれ」

秀吉は秀長と施薬院《やくいん》全宗《ぜんそう》に饗応《きょうおう》を命じ、己は奥へと消えていった。

見たこともない豪華な肴《さかな》だけでなく、金や銀で作られた造花までが飾りとして出る。元親は平然として酒を呑《の》んでいたが、供の者たちはあまりの豪奢《ごうしゃ》振りに唖然《あぜん》としていた。すると、また秀吉がひょっこりと姿を見せ、

「折角《せっかく》、長宗我部が上洛したのに、肴くらい出してやれ」

と、言い放った。今ある物は肴の一部に過ぎず、この後に数倍の肴が出ると秀長が答えたことで、秀吉も勘違いだったと納得した。これに供の者は吃驚《きっきょう》して仰《の》け反《ぞ》り、開いた口が塞《ふさ》がらないという様子である。

さらに秀吉からの引出物《ひきでもの》に、家臣たちは目を剝《む》いた。備前兼光《びぜんかねみつ》の刀に加え、黄金百枚、梨地《なしじ》の鞍鐙《くらあぶみ》をつけた鬼葦毛《おにあしげ》の馬である。また、秀吉は、人質《ひとじち》として出した三男まで返してくれた。これによって謁見《えっけん》の後、供の者たちは掌《てのひら》を返したように、秀吉の豪儀《ごうぎ》さを褒《ほ》め称《たた》えた。秀吉の術中《じゅっちゅう》にまんまと嵌《は》まった訳である。

が、元親はそれでよいと思った。家臣の中には秀吉に反発する者も多かったが、降伏した以上は滅多《めった》なことはしてはならない。これで家臣たちの意識が変わるならばよいのだ。

土佐に帰ると、供の者たちは大坂城の壮大さ、町の賑《にぎ》わいを土産《みやげ》話に披露《ひろう》する。さらには秀吉から拝領した物を見た国元の者たちは、刀を見ては、

「見ろ！　鞘《さや》に金があしらわれておる！」

と興奮し、黄金百枚をしげしげと見ては、

「これが噂の判金《はんきん》というものか。話には聞くも見るのは初めてじゃ」

と、嘆息《たんそく》を漏らす。さらに土佐では体高の低い土佐駒《ごま》しか取れなかったため、葦毛の馬を見た時には、

「こんな大きな馬がいるのか!!」

と、興奮の声を上げ、置かれた梨地の鞍鐙を見ては、

「何で光っているのだ……誰か答えられる者はおるか？」

そう左右をきょろきょろと見る始末。あまりの驚きぶりに、元親のほうが苦笑してしまうほどであった。

「土佐は田舎《いなか》だったのだな」

恥ずかしげに零《こぼ》す者もおり、そこではっとまた供をした者が手を打つ。

「そういえば、大坂の町では皆に笑われておったような気がする……恐らくは我らの恰好《かっこう》だ……」

土佐者の小袖は袖が短く、たんまりと綿を入れたもの。それに質素な木綿帯《もめんおび》、袴の裾《すそ》も短い。さらに月代《さかやき》は大きく剃《そ》りあげ、刀は三尺、脇差《わきざし》は二尺の大振りな物を差している。

一方、上方では小袖は漉《す》かれており長い。絹《きぬ》や錦《にしき》の帯を締め、袴もすらりと長く風に揺れる。月代も狭く何やら恰好よく見えるし、大小の長さの塩梅《あんばい》も収まりがよい。上方の者からす

れば、土佐の者の恰好はいかにも、

——田舎者丸出し。

と、いったように見えたのだろう。

そして此度、秀吉から再度上洛の要請が入った。いざ支度《したく》を進めようとしたところ、

「我らの装いも上方風に改めるべきです」

と、中島が若い者を代表して老臣たちに進言した。これに対して老臣たちは、土佐には土佐の形がある。上方に阿《おもね》るようなことはしたくないと退《しりぞ》けるが、中島たちは一向に引き下がらない。どちらが言い出したのか、ならば殿にご判断頂こうと言い放ち、このような仕儀に至ったという訳である。

「せめてあと一分《いちぶ》、袴を長く！」

「いいや、待て」

中島が身を乗り出し、谷が手で制する。此度は隠そうともせず、元親は再び深い溜息を漏らした。全くつい数年前までは、皆が秀吉を討つべしと嘯《うそぶ》いていたのに、えらい変わりようである。もっとも、このさっぱりとしたところは何とも土佐人らしく、元親は嫌いではない。

「では、せめて土産物だけでも、侮《あなど》られぬようにすべきです。黄金五十枚を用意致しましょう」

中島は詰め寄った。装いだけでなく、この評定では土産物を何にするかも論点になっているのだ。

「そのような金が何処《どこ》にある。そもそも土佐の物を贈るからこそ土産になるのだ」

谷は首を横に振った。

「小さき土佐駒では上方の笑いものになりますぞ」

「馬を大小のみで語るな。土佐駒は確かに小さきけれど、長く乗っても潰《つぶ》れぬという利点があるではないか」

「しかし……ではせめて装いを。袴を長く！」

「このままでよい」

谷と中島だけではない。老臣、若き者が両派に分かれて、やいのやいのと主張しあって埒《らち》が明かない。

――さて、どうしたものか。

元親は苦々しく頬《ほお》を緩《ゆる》めつつ思案した。両派の主張する表面上の理由はどうでもよい。だが秀吉がどう取るかということは考えねばなるまい。土佐らしい装いを貫けば、上方に帰服するつもりがない、あるいは周囲が見えない凡愚《ぼんぐ》と思われるかもしれない。

かといって、心服《しんぷく》し過ぎているように見られても敵《かな》わない。いざという時には再び起《た》つという気骨《きこつ》を見せておかねば、秀吉は取り潰しを画策《かくさく》するかもしれぬ。

今の長宗我部家はそれほど危《あや》うい立場で、気を遣《つか》って遣い過ぎるということはない。

「よいか」

元親がようやく口を開いたので、皆がさっとこちらを向く。

——私の申していることが正しいですな。

とそれぞれが言いたげで、噴《ふ》き出すのを懸命に堪《こら》えた。

「まず装いだが、いつかは改めねばならぬことになる。ならば早ければ早いほどよい。此度から改めることとしよう」

中島ら若者たちは嬉々《きき》として頷《うなず》く。中には拳《こぶし》を握る者もいた。

「殿——」

谷が諫言《かんげん》しようとするのを、元親はさっと手で制した。

「装いなど時と共に移り変わる物だ。だが谷ら老臣の申すように、土産は土佐の物がよい。それこそ上方でも見たことがないような物がな」

谷はもっともだといったように頷いた。

「そのような物が土佐に……？」

中島が怪訝《けげん》そうに訊《き》く。

「ある。今度は上方者たちを驚かせてやりたくはないか？」

元親が腹案《ふくあん》を打ち明けると、皆があっと声を上げ、それがよい、上方者をあっと言わせてやろうなどと、老若の境なく盛り上がった。

二

三月《みつき》後、元親は供の者五十人と共に再び大坂に入った。その装いは上方風に改めている。もとが屈強な男が揃《そろ》っているので、装いさえ改めれば却って上方者よりも凜々《りり》しく見えるらしい。大坂の民《たみ》は見惚《みほ》れるように嘆息を漏らしていた。

だがそれ以上に、大坂の民は吃驚の喊声《かんせい》を上げた。人夫たちに曳《ひ》かせている大きな台車に乗った、

――土佐の土産。

に目を奪われている。

此度も城門に警固の者がいる。あの日と同じ顔ぶれも、ちらほらと散見出来た。

「そ、それは……」

過日と異なり、警固の兵は魂消《たまげ》て声を失っている。

「上様には如何《いか》なる土産でも構わぬと許しを得ています」

元親は微笑《ほほえ》みながら言うと、兵はこくこくと頷いて城門を開けた。土産があまりに大きいため、門にすれすれで通った。

町の噂が伝わったのであろう。秀吉は謁見の間で待つことなく自ら出迎えにきた。両手に饅《まん》頭《じゅう》を持っている。食べようとしていたところ、思わず見に出てしまったという秀吉なりの演出であろう。

「えらいもんを持ち込んだのう」

「上様への土産にと、捕って参りました」

元親は手を宙に滑《すべ》らせて土産を指し示した。土佐の南海で捕れた鯨《くじら》を丸ごと一頭、土産として持ってきたのだ。

「珍しいものは沢山《たくさん》見たが、これは驚いたわ」

秀吉は鯨を見上げつつ舌を巻くように言うと、ちらりとこちらを見て続けた。

「随分、洒落《しゃれ》たのう」

「色々と大変でございました」

「じゃろう？」

秀吉は悪戯《いたずら》っぽく白い歯を見せた。なるほど。これが初めてではないのだ。従属した他の大名家でも、此度の長宗我部家と同じようなことが起きるということであろう。

「まあ、これほどの土産を持ってきたのはお主《ぬし》が初めてじゃ」

「土佐にはこのようなものしかなく」

「十分だで」

秀吉は満足げに頷いた。

「はっ」

「何か褒美《ほうび》を取らせる……取り敢《あ》えずこれを」

秀吉は手に持った饅頭を一つ手渡した。

「食え」

そう言って、秀吉は自身の饅頭を齧《かじ》りながらまた鯨を見上げた。元親は一口、饅頭を食べると、取り出した懐紙《かいし》で包んだ。秀吉は訝《いぶか》しんで尋ねた。

「饅頭の味が気に入らぬか？」

「上様に頂いた貴重な饅頭を、私一人で食べるのは勿体《もったい》なく。持ち帰って家臣たちと分け合いとうございます」

「馬鹿者、百個でも千個でもやるわ」

秀吉は呵々《かか》と笑った。そうでなくては己が家臣たちに吝嗇《けち》だと思われると言いたいのだろう。

「互いに苦労するな」

秀吉は鯨を見つめたまま小声で言った。家臣たちを取り纏めるのは、という意味である。

「いかさま」

「これから頼む」

元親は深々と頭を下げると、振り返って家臣たちを見た。秀吉が喜んでくれたことに無邪気に喜色《きしょく》を浮かべ、誇らしげな家臣たちを見て、元親はふっと息を漏らした。


御庭に昇据ゑければ、秀吉公出御《しゅつぎょ》ありて御覧ぜられ、長束大蔵大輔《なつかおおくらたいふ》して仰出《おおせいだ》されけるは、鯨は大海ならでは住まぬ者の由聞召《よしきこしめ》し及ばれたるに……（『土佐物語』）

愛媛県

加藤嘉明

証を残す日々

一

伊予《いよ》国正木《まさき》城主である加藤孫六嘉明《まごろくよしあき》が、関ケ原での功績により十万石加増の内諾《ないだく》を受けた。

武士であって加増を喜ばぬ者はいないが、その際に国替えとなれば何かと費《つい》えも掛かるし、支度《したく》にも忙殺《ぼうさつ》されることになる。しかし今回の場合は、同じ伊予国においての加増。誰もが手放しで喜ぶはず。だが孫六の心は、薄《う》っすらと霞《かすみ》が掛かったように晴れないでいる。

孫六の父は元々武士であったが、一向一揆《いっこういっき》に加担して主君に背《そむ》いたことで、博労《ばくろう》で身を立てていた。孫六が物心ついた時にはすでにそのような境遇《きょうぐう》であったから、馬の扱いには人並以上に長《た》けていた。

縁故を辿《たど》って仕官先を求めていた時、その馬術の腕を見込まれて、織田信長の配下である羽《は》柴《しば》秀吉に小姓《こしょう》として拾われた。

織田信長が本能寺《ほんのうじ》で横死《おうし》すると、秀吉は柴田勝家《かついえ》と天下の覇《は》を争い、賤ケ岳《しずがたけ》の戦いで激突した。孫六はこの時に槍で手柄を挙げ、他に活躍した者と共に「賤ケ岳七本槍」と呼称されるようになったのである。

それからというもの、秀吉が天下を獲《と》るまで出世を重ね、今ではこうして二十万石の太守《たいしゅ》に上り詰めるまでになっている。人から見れば羨《うらや》むような人生であろう。

「孫六様、お酒《ささ》をお持ちしました」

居室の襖《ふすま》が開いて入って来たのは、妻のお万《まん》である。

己《おのれ》のように軽輩《けいはい》から大名にまで出世した者には、名門から妻を迎えたり、あるいは絶世の美女を求めたりする者も少なからずいる。

しかしお万は家臣の堀部市右衛門《ほりべいちえもん》の娘で、孫六がまだ高々三千石を食《は》んでいた頃に娶《めと》った。

二男三女の子宝に恵まれ、他に側室《そくしつ》も持たずにいるからか、家臣や領民は、

――実に仲睦《なかむつ》まじいこと。

と口々に言っているのを知っている。

実際にそれは嘘ではない。出世してからというもの、己のような男とも縁を結ぼうと、大《だい》小名《しょうみょう》や大商人から娘を側室にという話も数々あった。酷《ひど》いものになると宴席で娘に給仕をさせて引き合わせてしまう場合もある。

その時の父親の卑《いや》しい目、娘の媚《こ》びるような目が、孫六は堪《たま》らなく、

――嫌い。

なのである。彼らの見ているのは己ではなく、己が知らぬうちに身に纏《まと》っている財や地位だと看破《かんぱ》出来てしまうのだ。

その点、お万は違う。天下に数えるほどしかいない二十万石の大名となった今でも、槍働きをしていた頃から何ら変わらずに接してくれる。左馬助《さまのすけ》と謂《い》う官位や、その唐名《からな》である典厩《てんきゅう》などでなく、今でも幼名《ようみょう》である「孫六」と呼ぶのもその表れの一つであろう。

お万がそのように呼ぶと聞いて、同輩には眉《まゆ》を顰《ひそ》める者もいると聞くが、孫六は咎《とが》めもしな

いし、むしろ生涯そのままでいて欲しいと願っている。

「すまないな」

孫六は微笑《ほほえ》みながら言った。こうして酒や肴《さかな》を用意するのも自らやってくれる。これくらいは侍女《じじょ》に任せればよいと言ったこともあるのだが、

——この時が一番、孫六様の様子が判《わか》りますから。

と、若い頃から変わらぬ無邪気《むじゃき》な笑みを向けてくれた。

「お悩みのようで」

お万はそう言いながら、杯《さかずき》を持たせると酒を注《つ》ぐ。己はあまり喜怒哀楽《きどあいらく》を表に出さない性質《たち》であるが、やはりお万だけには隠し事が出来ない。

「まあな」

孫六は苦笑しながら酒を呷《あお》った。お万は再び酒を注ぐ。話してくれとせがむことも無い。己から口を開かぬ限りはそっとしておいてくれる賢い女なのだ。

「俺の一生は何なのだろうとな……」

己をここまで引き立ててくれた秀吉は天下を統《す》べ、朝廷から豊臣の姓を賜《たまわ》った。その秀吉が死んだのは四年前のこと。

その二年後、覇権を獲ろうと動き出した徳川家康と、豊臣家を守らんとした石田三成《みつなり》が関ケ原で激突した。三成は孫六と同じ小姓組の出身で、まだ佐吉《さきち》と呼ばれていた頃からの肝胆相照《かんたんあいて》らし合う仲であった。

だが孫六は、家康に味方して三成を死に追いやった。お万や五人の子、当時は二千五百人いた家臣とその家族を守るためには、それしか道が残されていなかったのである。

そういう意味では、今回与えられた十万石は友への裏切りの報酬《ほうしゅう》といえる。そう思うと心より喜べないでいる。

「石田様は優しい御方《おかた》でしたものね」

その想いを吐露《とろ》すると、お万はしみじみとした口調で答えた。

「ああ、いい男さ」

三成は天下を動かす奉行であった。秀吉の泥を被《かぶ》るために時に峻烈《しゅんれつ》な処置もせねばならず、世間には冷たい印象を持たれているが、その実は優しい男であることを、まだ青かった頃を共に生きた孫六は知っている。

女を見下《みくだ》す男が多い中にあって、三成は女に対しても礼儀を欠かさず一人の人として接する。故《ゆえ》にお万などはそのような感想を持っているのだろう。

「でも、生きねばなりません」

「解《わか》っている。だが……家を残すというだけも何か虚《むな》しくてな」

二十万石を得たところで何なのだ。どうせ己もあと数十年もすれば死ぬ。子どもたちに不自由はさせたくないとは人並の親のように思うが、正直なところ末代《まつだい》まで家を残すことに何の感《かん》慨《がい》も持たない。先祖から引き継いだ領地など、いつかは当然のものと思って有難《ありがた》みを失い、家を滅ぼしてしまう者も出て来るのではないか。

己は叩《たた》き上げであるが、同輩の中には二代目、三代目の軟弱者もおり、彼らを見ているとそのように感じてしまう。そうするといよいよ家を残すことに執着《しゅうちゃく》する気になれず、己は一生に何を残したのかと自問自答するようになる。

「残す……ですか。そういえば石田様が伊予に来られた時、この城は後世に残らぬと仰《おっしゃ》っていました」

「何……」

三成が検地の経過を見に来た十年ほど前の話である。

正木城は東南北の三方は山から遠く、周囲は深い湿地帯になっている。西は九州に続く海。そのために守りに堅《かた》く名城の呼び声が高い。

だが反面、吹き曝《さら》しの風が浜の砂を舞い上げて城郭《じょうかく》に降り注ぎ、手入れをするのに多くの領民を駆《か》り出さねばならない。さらに大雨が来れば城は水嵩《みずかさ》の増した沼に沈み、改修にはさらに多くの領民に負担を強《し》いることになる。

泰平《たいへい》の世が来たならば、城は政庁として、領内の象徴としてのみの性格が残る。領民を苦しめず、愛されるものにならねばならない。そのためには、この正木城は相応《ふさわ》しくないと言っていたというのだ。

「何故《なにゆえ》、お主《ぬし》にそんなことを……」

「ご挨拶《あいさつ》の折、私がぼやいてしまいました」

お万は娘のように悪戯《いたずら》っぽく舌を出した。三成は城が綺麗《きれい》に掃除《そうじ》されていると褒《ほ》めてくれた。それに対し、お万が浜の砂が巻き上がって毎年城内の掃除が大変だと答えた時、三成はそのように話し始めたというのだ。

「領民に愛される城か……」

三成のことである。築城には相当の銭が掛かることも承知している。それでも百年、二百年の長い目で見れば、そちらのほうが領民に負担を与えない。そこまで見通す有能な吏僚《りりょう》だと孫六は知っている。

「やるか」

「はい」

孫六が低く言うと、お万はにこりと笑ってまた杯に酒を注いでくれた。

二

孫六は領内を隈《くま》なく見て回った。長山、高山、尾崎と見て回ったが、奥地に入り過ぎて便が悪い、地形が歪《ゆが》んでいるなど、なにかしら欠点がある印象であった。

「あの山にする」

孫六が築城の候補地としたのは、温泉宮《ゆのみや》の西南、原田と呼ばれる野原にある山である。広地にして水も豊富で、山の周囲は八方に開けている。まさに打ってつけの地であった。

次に孫六は家臣一同、領民の代表を集めて新たに城を建てたい旨《むね》を伝えた。かなりの費えが

掛かるが、子々孫々までの負担が減ることを熱心に説き、皆の了承を取り付けた。この時にお万が、

「洗濯物に砂が被らなくて済みますよ」

と言い放った一言で、女たちが一斉に靡《なび》くという一幕もあり、孫六を始め男たちは苦笑したものである。

孫六が城を建てようとした山は「飢《かつ》え山」と謂う、どこか不吉な名であった。

昔ここに邸を構えていた男が貧しさに苦しみ、山の麓《ふもと》にある祠《ほこら》で毘沙門天《びしやもんてん》に願《がん》を掛けた。そして毎日境内《けいだい》に茂る雌竹《めだけ》を一本ずつ持ち帰り、庭に植えて祈り続けた。すると満願の夜、ついに夢の中に毘沙門天が姿を現し、願いが聞き届けられて長者になったのだという。

これだけならば縁起がよさそうなのだが、話にはまだ続きがある。

貧しかった時には見向きもされなかった男だが、裕福になると遠い親戚《しんせき》や、一度言葉を交わした程度の者までが群がって媚び諂《へつら》い、金をせびるようになった。男は貧しくとも昔の暮らしを懐かしみ、湯水のように銭を使い果たし、やがて餓死《がし》してしまった。故にこのような名が付いたのだという。

この話を聞いた時に孫六は、その男の気持ちが解るような気がした。出世を重ねれば重ねるほど、何かに縛《しば》られ、己の心のままに生き辛《づら》くなる。朋友《ほうゆう》である三成と対峙《たいじ》したのもそれに近いものである。

名などどうでも良かったが、縁起を担ぐ者が多いのも事実。孫六は、

「勝山《かつやま》の間違いであろう。それがいつしか訛《なま》ってそのようになったのだ」

と、惚《とぼ》けてみせた。

お万は是非山を見たいと付いてきている。言い出したら聞かぬ性質だということもあるが、今回は久しぶりに揚々《ようよう》とする己を、さらに後押ししようとしてくれていると気付いていた。

「勝山は泰平の世には相応しくないのでは？」

そのお万がちょいと首を捻《ひね》った。

「では、どうするのだ」

孫六が眉を顰めると、お万は一本の松の木を見て手を打った。

「松山の間違いであろう。それがいつしか訛ってそのようになったのだ」

顔、声色《こわいろ》まで己の真似《まね》をするものだから、随伴《ずいはん》の家臣たちも思わず噴《ふ》き出した。

「松山か……よい名だ。しかし、後世の者がこのようにして名付けたと聞けば、肩を落とすだろうな」

孫六は苦笑してこめかみを指で掻《か》いた。

「がっかりさせるためには、後世に残る城にせねばなりませんね」

お万はくいと口角《こうかく》を上げて笑った。家を残すことには無常を感じた。だが仮に家が滅んでも山河は残る。城も残るかもしれぬ。それがこの地の人々のためになり、故郷の象徴になれば何と良いことか。己の一生はそれだけでも輝いたと言えるだろう。そんなことをお万は全て見透《みす》かしているようである。

三

こうして松山と名を改めて城が造られることとなった。当然、人足には銭も支払うからといって、何も孫六は己の城などとは思っていない。領内の全ての者の心の拠《よ》り所になるように、農作業や商《あきな》いの空いた時に手伝って欲しい旨を伝え、皆で少しずつ時を掛けて造るようにした。

――ご先祖様があの石垣の石を運んだのだぞ。

などと、後の世の者が誇らしげに語るのを夢想しながら。

城造りに従事したのは何も男だけではなかった。頭の上に御用櫃《ごろびつ》という桶《おけ》を乗せて魚を売り歩く、「おたたさん」と呼ばれる女たちが特に活躍した。石垣に用いる石礫《せきれき》を御用櫃に入れて運ぶのだ。

へばっている旦那《だんな》を叱《しか》る女房、若い娘によい恰好《かっこう》を見せようと張り切る若者、築城の現場は常に笑みが絶えず、活気に溢《あふ》れていた。

「皆が気張っているのだから、私も何もせぬ訳にはいきません」

お万はそう言って、繁忙《はんぼう》期には朝から城内で炊《た》き出しを行い、握り飯を皆に振る舞った。

こうして二十五年の月日が過ぎ、間もなく完成という時である。孫六は陸奥会津《むつあいづ》への転封《てんぽう》を命じられた。

次の領地の石高は四十三万五千五百石。さらなる躍進《やくしん》であったが、そのことは別段嬉《うれ》しくもなかった。松山城の完成を見届けたいという残念な気持ちはあったものの、それを悲観する訳ではない。己が去ってもこの城は、人々と共に懸命になった日々は消えはしない。

思えば、若い頃は何も考えずに夢中で目先のことに没頭《ぼっとう》していた。そのような時をもう一度取り返したいと思ったからこそ、城を造り始めたのかもしれない。それで人々が喜ぶならば申し分ないといったところか。詰まるところ人の生きた証《あかし》とは、夢中になった時そのものではないか。

孫六はそのようなことを茫《ぼう》と考え、間もなく出来上がる五層天守越しに、広がる蒼天《そうてん》を見上げた。

「さて、陸奥では何を残しますか？」

背後からの声に振り返ると、お万が微笑んでいる。互いに随分と歳を重ねたものの、やはり出逢《であ》った頃の如《ごと》く無邪気な笑みであった。

「もう俺も還暦《かんれき》を過ぎた」

「まあ、弱気なことを。人は生きている限り、何かを残していくものです」

「そうかもしれぬな」

孫六はお万の肩にそっと手を置き、今度は二人でどこまでも広がる空を見つめた。丸い雲が二つ、ゆっくりと東へと流れている。新たな地では何を残すべきかと考え、孫六は胸が躍《おど》るのを覚えていた。

松前《まさき》（正木）城は、東南北の三方は山遠く、城邊《じょうへん》は底深き沼也《なり》、西は九州に続《つづき》たる滄海《そうかい》也、日本第一の城郭と語り伝ふ、嘉明如何《いかに》思慮在《あ》りけん、夙風《しゅくふう》強ければ、砂天にあがり、波浪築地《はろうついじ》を越し、高汐《たかしお》に櫓《やぐら》せんとす、或《あるい》は音 譁《かまびす》し、依《よっ》て閑地《かんち》而《にして》 縦静《じゅうせい》なる所へ移さんと……（『豫陽郡郷俚諺集《よようぐんごうりげんしゅう》』）

鹿児島県

島津義弘

怪しく陽気な者たちと

一

井戸《いど》又右衛門《またえもん》は石に腰を掛けて項垂《うなだ》れていた。

山中をさまよってどれほどの時が経っただろうか。すでに二十日は経過しているはず。銭《ぜに》は咄嗟《とっさ》に持って出た。たまに人里に降りて、米と交換して飢《う》えを凌《しの》いでいるものの、その銭ももうあと僅《わず》かで尽《つ》きそうである。木の実を拾《ひろ》って食べ、野草を噛《か》みちぎって足しにしているが、これにも限界があるというもの。これからどうすべきかと途方《とほう》に暮れていたのだ。

――何故《なにゆえ》、逃げてしまったのだ。

ずっとその後悔だけが頭を支配している。だが、今となっては後の祭りである。

又右衛門は伊賀《いが》一国、伊勢《いせ》、山城《やましろ》の一部、合わせて二十万石を領する筒井《つつい》家の家臣である。井戸家は古くから筒井家の傘下《さんか》に入った大和《やまと》国の名族であり、家臣団に組み込まれて家老格に収まった。とはいえ、又右衛門の井戸家は傍流《ぼうりゅう》のまた傍流であり、自身も次男として分家をした身。僅《わず》か七十石ほどを食《は》むに過ぎない。

それでも武勇に長じていれば出世の道も開けたのだろうが、又右衛門の槍《やり》の腕は並。弓も並。馬の扱いにおいては並よりもやや落ちる。絵に描いたようなどこにでもいる侍であるため、齢《よわい》三十七となった今でも一寸たりとも出世していない。

今、天下を二分する戦いが起こっている。会津《あいづ》の上杉家が豊臣家に謀叛《むほん》の兆《きざ》しありとして、五大老《ごたいろう》筆頭の徳川家康が討伐《とうばつ》を決めた。だがその途中、真《まこと》の謀叛人は徳川家康だとして、上方《かみがた》で奉行《ぶぎょう》だった石田三成《みつなり》が他の大老を担《かつ》いで諸大名を糾合《きゅうごう》。世の大名は家康に味方するか、それとも三成に味方するかの二択を迫られた。

又右衛門が今のような境遇に陥《おちい》っているのも、この天下の騒乱《そうらん》のせいである。もっとも家康にしろ、三成にしろ、己《おのれ》のような者が影響を受けているなど、露程《つゆほど》も知らないだろう。

この話を念頭に置き、今の又右衛門の姿を見たならば、

――なるほど。又右衛門は落ち武者なのだ。

と、十人が十人思うに違いない。

だが違う。筒井家は勝った側、つまりは徳川家康に味方したのである。それなのにその家臣である又右衛門は、当てもなく薄暗い森の中を放浪《ほうろう》しているのだ。

二

筒井家は、当主の定次《さだつぐ》が軍勢を率いて上杉討伐に加わっていた。その時、城代《じょうだい》として留守を預けられたのが兄弟の筒井玄蕃允《げんばのじょう》である。

そこに三成に与《くみ》した大名、新庄直頼《しんじょうなおより》が兵を率いて攻め寄せて来た。伊賀上野城を守る兵は五百ほど。それに対し、後に判《わか》ったことであるが新庄軍は三百余。城攻めには五倍の兵が必要だと言われていることに加え、伊賀上野城はかなりの堅城《けんじょう》であるため、十分に防ぎうるはずだ

った。

だが新庄軍が怯《ひる》むことなく突っ込んで来たことで、筒井玄蕃允はきっと後詰《ごづ》めがいるはずと早とちりし、城門を開いてすたこらと高野山《こうやさん》を目掛けて逃げ出してしまったのである。

この時、家中は二分された。このままでは末代《まつだい》までの恥辱《ちじょく》であると、せめて一合戦に及ぼうとする者。前後不覚に逃げ出す者である。結果、前者が大半で九割を占《し》めた。彼らは新庄軍に一当てし、その後に再起を誓って退《しりぞ》いた。又右衛門の姿はその中には無かった。後者、つまりこっそりと城を抜け出し、山中に逃げ込んだのである。

だがこの後、家康の命を受けて主君定次が伊賀に引き返して来た。そして自らの下に再集結するように檄《げき》を飛ばし、軍が整ったところで伊賀上野城を奪還したのである。この時も又右衛門は馳《は》せ参じなかった。いや、厳密には参じられなかった。山の中に一人でいた又右衛門の耳には檄が届かず、

――知らなかった……。

と、奪還の後に知って愕然《がくぜん》としたのである。

どのような顔で主君に会えばよいのだ。もうこうなっては戻れない。しかも近隣の村に伝わる噂では、定次が玄蕃允や早々に逃げた者に烈火《れっか》の如く怒っているという。

しかし、又右衛門に行く当てなどない。いずれは戻る決断を下すしかないと解《わか》っている。だが時を置けば少しでも定次の勘気《かんき》が和《やわ》らがないか、何かよい言い訳がないかと悶々《もんもん》と悩み、今に至っているという訳であった。

「どうすべきか……」

又右衛門が百度目以上になるだろう同じ言葉を吐《は》いた時、気配を感じて振り返った。

「ひっ――」

木々の隙間から男が此方《こなた》を覗《のぞ》いている。又右衛門が跳《は》ねるように逃げ出した時、

「待ちたもんせ」

と、男は呼び止めた。その声が柔和《にゅうわ》であったため、又右衛門は思わず足を止めてゆっくりと振り返った。

「怪しかもんじゃらせん」

男はさらに呼び掛けて微笑《ほほえ》む。異様なほど日焼けしており、口から覗く歯の白さが際立《きわだ》った。甲冑《かっちゅう》を身に着けているが、かなり傷《いた》みが激しく、袖《そで》も千切れてしまっている。そして、何《ど》処《こ》の国か判らないが訛《なまり》が強い。

――怪しい。

とは思うものの、又右衛門は男から異様な迫力を感じて足を動かせなかった。

「おおい」

男が後ろに呼び掛けると、何とぞろぞろと他にも男たちが姿を見せる。その数、凡《およ》そ五十人ほどか。中には輿《こし》を担ぐ者もおり、その上には甲冑に身を固めた大柄の老人が乗っていた。

「安心したもんせ。怪しかもんじゃらせん」

男は再び言って笑みを見せた。

――怪し過ぎる……。

又右衛門は絶句した。これが怪しくないというならば、世の中のほぼ全てが怪しくないことになってしまう。

――逃げるか。

とも頭を過《よぎ》った。が、五十人ほどの男たちはいずれも屈強そうである。今、逃げ出したとしてもすぐに追いつかれると直感し、又右衛門は丁寧に尋《たず》ねた。

「な、何でしょう……？」

「こん辺《あた》りん道に詳しかと？」

「まあ……この辺りの者ですので」

会話を続け、何とか逃げる機会を探ろうとしていたのだが、この一言がまずかったらしい。男たちの目の色が変わり、隣の者とこそこそと話し出した。いや、厳密には違う。こそこそというにはあまりに声が大きく、又右衛門の耳朶《じだ》には届いている。

丁度いい。道案内をさせよう。断ったらどうする。無理やり連れて行けばよい。などの物騒な会話に、又右衛門は躰《からだ》を強張《こわば》らせた。

「堺《さかい》まででん道を知っちょっと」

「それは……」

「知っちょっとか知っちょらんのか！」

別の男が血相を変えて怒鳴った。

「ひっ……知っています！」

「最初からそう言えばよかど。案内したもんせ」

怒鳴った男は、一転して破顔《はがん》して肩をばしばしと叩く。この喜怒哀楽《きどあいらく》の激しさ一点を取っても異様な連中である。

「その……拙者《せつしや》は妻子を待たせています。急いでいますので、どうか案内は他のものに……」

又右衛門はもうここしかないと、嘘をついて立ち去ろうとしたが、腕を鷲摑《わしづか》みにされた。

「嘘をついとっとな」

「いや……嘘では……」

「命をかけらるっか」

命をかけられるかという意味だろう。何でこんなことで命をかけねばならない。又右衛門は悲鳴を上げたくなったが、男の鬼気迫る顔を見て、

「嘘です」

と、正直に吐露《とろ》してしまった。

「じゃろうな」

男は呵々《かか》と笑って背を叩くと、道案内をするように改めて頼んできた。

――どうせ行く当てはないのだ。

又右衛門は腹を括《くく》って道案内を引き受けた。

五十余人の集団を案内して伊賀の山中を行く。又右衛門も馬鹿ではない。この者らは三成に

与した者で、戦《いくさ》に敗れて国を目指しているのだろうとは解った。だからこそ又右衛門は、貴殿《きでん》らは何者かとは訊《き》かぬ。訊いてしまえば、ただでさえ放逐されかねないのに、敵を逃がした罪で死を命じられるかもしれない。こちらがそのようなつもりでいるのに、

「わいん名は？」

と、男の一人が気軽に尋ねて来る。

「いや……」

「言えんのか」

男が凄《すご》んだ時、輿の上の老人が一喝《いつかつ》した。男は嘘のように肩を窄《すぼ》める。

「悪かった。名乗らぬほうが互いに良いだろう」

他の者はきつい訛であるのに、老人の言葉からはほとんどそれを感じない。訛を矯正《きようせい》したといった感じである。

「はい……」

「ただ、呼びにくいのも困る。偽《いつわ》りでも良いので名乗ってくれ」

「又兵衛です」

「きさん、後藤又兵衛か!!」

輿の近くにいた男が吼《ほ》え、他の者たちも、何だと、何だとと喚《わめ》き始める。

「ち、違います！」

「ばかもん！　何処が後藤又兵衛じゃ。似てん似つかん。そもそも偽名じゃ」

老人が良く通る声で再び喝を食らわすと、確かに、見たことがあるが全く違うなどと、男たちは大きく首を縦に振って得心する。

――何なんだ。こいつらは。

すぐに熱するが、陽気であり、とてつもなく無邪気でもある。かつて見たことが無いような者たちだ。

「御老《ごろう》、ありがとうございます」

「だいに向かってゆうちょっ――」

「ええころ加減にせんか！」

また男たちが熱しそうになるのを、老人が叱り飛ばした。とにかく、この老人は集団から尊敬を超え、崇敬《すうけい》されていることだけは解《わか》った。

数日の間、又右衛門はこの奇妙な者たちと行動を共にし、遂《つい》に明日には堺に着くというところにまで来た。

「又兵衛殿、世話になった」

老人は輿の上から声をかけてきた。

「いえ……こちらこそ、食い物を分けて頂きありがとうございました」

この者たちも食い物が乏しい。だが道案内が倒れたら困るなどと陽気に笑い、優先して又右衛門に食わしてくれた。

「一つ訊いてもよいか。何故、山中におられた。答えたくなければよいが」

又右衛門は迷った。だがたった数日だが、この老人の魅力に惹《ひ》かれており、正直に話してもよい気になっていた。

「実は……」

己が筒井家の武士であることを告げ、ことの次第を一切合切話した。

「ふむ……ならば儂《わし》と来るか？」

「それが……妻子がいるのは真です。大和の親戚のところに逃げております」

「妻子も迎えに行くぞ」

又右衛門は答えなかった。この老人が怪しいからではない。相当な身分なのだろうと察しが付いている。負けた側に付いており、後のことが見えないからでもなかった。このまま逃げたとしても、ずっと後悔の念に苛《さいな》まれると気付いているからだ。

「なあ、又兵衛殿。生きようとすることは悪いことではない。たとえそれが無様であろうともな」

老人は自らのことを話しているようにも思えた。下唇《したくちびる》を噛みしめる又右衛門に対し、老人はさらに言葉を継ぐ。

「大将が逃げた時、下の者が付き従う義理はない。又兵衛殿の取った道は決して責められるものではない」

この老人も過酷な戦いを潜り抜けてきたことは、容易に察せられる。それでも老人は逃げなかった。故に男たちも付き従っているのだ。もし、老人の家臣ならば、きっと己もそうしたと思う。それだけは嘘ではなかった。

「それでも悔いているならば戻るがいい。人は何度でもやり直せる」

老人は優しく語り掛け、口辺《こうへん》に皺《しわ》を作った。

堺に着くと、老人はもはや無用と革袋一杯の銭をくれた。堺の商人にも知り合いがいるらしく、その船に乗って西を目指すらしい。男たちは皆、手を握って感謝を述べ、おいおいと泣きながら別れを悲しんだ。又右衛門もすっかりこの愛嬌溢れる男たちが好きになっており、胸に込み上げるものがあった。

老人が船に乗り込む時、又右衛門は小さく呟《つぶや》いた。

「又右衛門です……」

「ん？」

「井戸又右衛門と申します」

西日を背負った老人が振り返る。

「そうか」

老人はふっと頬《ほお》を緩め、

「島津惟新《いしん》……義弘《よしひろ》だ」

「貴殿が……」

かつては九州を席捲《せっけん》し、朝鮮に渡っては数十倍の大軍を打ち破った武神とも名高い名将である。又右衛門が唖然《あぜん》とする中、老人は微笑みを湛《たた》えながら言った。

「井戸又右衛門殿。儂らは必ず生き残る。いつか薩摩《さつま》に会いにきてくれ」

三

又右衛門は伊賀へと戻った。そして、正直に自らの行動を吐露した。結果、呆気《あっけ》ないほど簡単にことは済んだ。己のように逃げ出した者、檄に乗り遅れた者は、実は沢山《たくさん》いたらしい。その大半が何かしら言い訳をつけたのだが、又右衛門が素直に罪を認めたので、むしろその潔さが褒《ほ》められたほどである。

それから十一年後の慶長《けいちょう》十六年（一六一一）夏、四十八歳となった又右衛門は船の中にいた。遠く、遠く、西の国を目指して。

船から降りて身分を告げると、すぐに武士がすっ飛んで来て、

「よう来た!!」

と、肩を叩かれた。懐かしい痛みに笑みが零《こぼ》れてしまった。忘れもしない。この武士もあの一行の中にいた者である。

すでに隠居して大隅《おおすみ》国加治木《かじき》にいるらしく、武士たちはこちらが今度は案内する番だと連れていってくれた。

隠居所に入ると、そこに老人、いや島津義弘がいた。十一年の歳月が流れていたが、未だに鉄芯の入ったように背が真っすぐである。

「来たか、井戸又右衛門殿」

義弘ははきと名を覚えていてくれた。

「はい。約束を果たしに」

「生き残っただろう？」

義弘は不敵に片笑《かたえ》むと、ひょいと近くに招き、盛大に酒宴を開くことを命じた。酒宴を喜ぶ陽気な声に包まれる中、又右衛門もまたつられて声を出して笑った。


　案内者文《ぶん》右《え》衛門《もん》一云又右衛門関ケ原山中より（中略）御供申届る（中略）境《さかい》の浦《うら》へ御着給へば文右衛門には過分の銀子《ぎんす》を給り……（『帖佐《ちょうさ》宗辰《むねたつ》覚書《おぼえがき》』）

沖縄県
謝名利山

三坪の浜の約束

一

煌《きら》めく海と、流れる雲の間を柔らかな風が駆け抜け、視野の端に映るアカバナーを微《かす》かに揺らしている。

木々に囲まれた三坪ほどの浜辺。年に数度、利山《りざん》はここに来て、何をするでもなく手頃な石に腰を掛け、じっと滄海《そうかい》を見つめる。そうしている間だけ、元来《がんらい》の己《おのれ》に立ち戻れるような気がするのである。

裏を返せば、日頃は常に別の己を演じている。人は誰しもそのようなところがあるのかもしれないが、利山の場合それは顕著《けんちょ》である。

この国には良く言えばおおらか、悪く言えば些《いささ》か大雑把《おおざっぱ》な性質《たち》の者が多い。愛すべきこの国の風潮《ふうちょう》ではあるが、こと仕事となると悪影響が出ることも間々《まま》ある。故《ゆえ》に誰かが常に引き締める役を担《にな》う必要がある。

それは皆に嫌われ者の己が最も適任で、常に厳《いか》めしい顔で周囲に睨《にら》みを利《き》かせ、必要とあれば叱責《しっせき》もした。

「流石《さすが》に疲れたな」

と、利山は自らの肩に手を回して揉《も》み解《ほぐ》しつつ零《こぼ》した。

配下の官吏《かんり》が仕事を溜《た》めこんでいたことを隠していたのが発覚し、この十日間、利山はその

穴埋めのために寝る間を惜《お》しんで仕事した。顔を青くして詫《わ》びる配下に対して利山は、

——謝る暇があれば手を動かせ。

と、短く一蹴《いっしゅう》して働き続けた。そして今日、ようやく片付くめどが立ったことで、こうして一人で暫《しば》しの休息を取っているのだ。

今年で己も齢《よわい》六十一。もういつ死んでもおかしくない歳なのだ。昔のように無理が出来るはずもない。一晩、寝ずに働けば躰《からだ》の節々《ふしぶし》が痛んだ。

「さて……やるか」

利山は立ち上がると、裾《すそ》に付いた砂を払った。身の丈《たけ》六尺の利山が立ち上がったことに驚いたのか、岩礁《がんしょう》から幾羽《いくわ》かの鳥が一斉に飛び立った。

めどは立ったとはいえ、まだ仕事は残っている。こうして休んでいるうちに、また別の問題が起こっていないとも限らない。事実、これまでそのようなことは幾度かあった。人並みに腹も立つのだが、ぺこぺこと頭を下げて謝る若い官吏を見れば、可愛《かわい》げを感じ、

——仕方ない。

と、許してしまうのである。

もっともそれでは締まらぬ。厳めしい顔を作って小言《こごと》の一つでも浴びせてやらねばならぬ。

両側にアカバナーの咲き誇る小道を抜けつつ、利山は些か緩《ゆる》んだ頬《ほお》を撫《な》でて引き締めた。

二

嘉靖《かせい》二十八年（一五四九）、謝名《じゃな》利山は鄭氏《ていうじ》湖《こ》城殿内《じょうとうんち》と呼ばれる士族の九世として、久米村《くめ》に生まれた。

鄭氏の祖である義才《ぎさい》は福建福州《ふっけんふくしゅう》府長楽《ちょうらく》県出身であったらしいが、この琉球《りゅうきゅう》へと流れて来た。雄々《おお》しい伝承が幾つか伝わっているが、実際のところ真偽ははきとしない。政争に敗れた末に逃げたかもしれないし、最悪の場合は何か罪を犯して逃亡したのかもしれない。ともかく大陸から来たのは確からしい。故に利山も鄭迵《ていどう》と謂《い》う唐名《からな》を持っている。

鄭氏は、内戦でも勝者の側である尚《しょう》氏に与《くみ》したことにより、統一後の琉球王国の官吏となった。数多くいる脇地頭《わきじとう》を務める家の一つといったところで、王朝の中で決して身分が高いほうではなかった。

だが、利山の代になって大いに躍進した。利山は幼い頃から何をやっても人並み以上。特に学問では、同年代より頭一つ、いや二つも、三つも抜けていただろう。その才が広く轟《とどろ》いたことで、やがて中央の官吏に取り立てられたのである。

――出世をする。

利山の頭には常にそのことがあった。若者が抱《いだ》く野望として珍しいものではないだろう。その頃、利山の生涯に最も影響を与えた人と邂逅《かいこう》した。

城《ぐすく》間《ま》盛久《せいきゅう》である。盛久は翁氏《おううじ》永山《ながやま》殿内という士族の二世で、利山より七つ年上。盛久の父は王国の実質の最高位である三司官の一人にまで上り詰めた人である。

「儂《わし》も父上のように三司官になり、この国をさらに良くしたい」

盛久は常々そう語っていた。鷹揚《おうよう》な者が多いこの国において、出世に拘《こだわ》る己に、似たところを感じたのだろう。

利山のことを弟のように目を掛けてくれ、時に良き先輩として実務だけでなく、政《まつりごと》についても教えてくれた。特に盛久は外交の研究に熱心であった。

「琉球の如《ごと》き小国が生き残るためには、いかに外の国と交わっていくかが最も肝要《かんよう》だ」

というのが盛久の持論であった。

二人は酒を酌《く》み交わしながら、この国の将来、あり方、夢を語り合った。後に盛久は、父と同じく三司官に任じられた。それを祝う盛大な宴《うたげ》の後、盛久は、

「付き合え」

と、酒甕《さかがめ》を片手に己を誘った。二人きりで呑《の》む時、決まって同じところへ行く。三坪ほどの浜辺である。

「ようやくここまで来た」

満天の星を見上げながら、目を輝かせる盛久の顔を今もはきと覚えている。以後、盛久は琉球のため、そこに生きる民《たみ》のため、寝る間を惜しんで政を執《と》った。利山も盛久に引き立てられ、補佐役として脇を支え続けたのである。

だが今、盛久は三司官ではない。ある者の讒言《ざんげん》により失脚《しっきゃく》した。その者というのが、

――謝名利山。

つまり己なのである。

一方、利山は盛久の代わりに三司官に任じられた。恩人を引きずりおろし、その座に就《つ》いた己は、王朝の官吏のみならず、民からも蛇蝎《だかつ》の如く嫌われている。

盛久は野《や》に下り、今は百姓として田畑を耕《たがや》す暮らしを送っていた。この四年、一度たりとも会ってはいない。また、会ってはならぬと解《わか》っている。だが時折、

――偶然、会えるのではないか。

と、盛久と夢を語り合ったあの三坪の浜辺に、ふと足を運んでしまうのである。

三

利山は首里《しゅり》城で開かれた評定《ひょうじょう》に出た。このところ、繰り返し同じ議題で話し合いの場が持たれているのだ。

今、琉球は岐路《きろ》に立たされている。これまで歴代の大陸王朝の庇護《ひご》を受けつつも、日《ひ》ノ本《もと》とも友好的な関係を結んできた。そのような曖昧《あいまい》な立場が許されたのは、琉球が貿易の大事な拠点の一つであり、両国とも無下《むげ》に出来なかったということが大きい。

が、潮目が変わった。日ノ本は琉球を正式に従えようとしている。兵力の差は歴然で、勝つ

見込みは薄い。故に日ノ本に屈するべきだという意見が大半を占めている。

だが、そうなれば大陸側も黙ってはいない。貿易を中止するような措置《そち》を取ることは十分に考えられた。

琉球は山も多く、広さの割に田畑は決して多い訳ではない。貿易が止まれば、巡り巡って民は塗炭《とたん》の苦しみを強《し》いられることになってしまう。それもまた仕方がない。なるようになるしかないと皆が諦《あきら》めている。

「毅然《きぜん》と断るべきだと存ずる」

意見を求められた利山が神妙《しんみょう》な面持《おもも》ちで答えると、皆の呆《あき》れたような溜息《ためいき》が場を支配した。

ただ一人、己だけが徹底抗戦を主張している。今、評定は日ノ本に降《くだ》るか否かではなく、利山をいかに説得するかという局面に移っている。これですでに説得は三度目なのだから、呆れられるのも無理はない。だが、利山は決して譲るつもりはなかった。

同じ三司官の一人が目配せをし、王の尚寧《しょうねい》が重々しく口を開く。

「謝名。考えを改める気はないか？」

「はい。たとえ王の命だとしても」

「解った。謹慎《きんしん》を命じる」

「は……」

利山は深々と頭を下げると、その場を後にした。

琉球王国の支配する離島である徳之島《とくのしま》が、突如《とつじょ》として攻撃を受けたのは、それから二月《ふたつき》後のことである。薩摩《さつま》の大名である島津《しまづ》の軍である。

徳之島では在地の官吏、民の一部が抵抗し、五十余人が殺されたとも伝わってきた。琉球としては降伏するつもりであったが、やはりそれをよしとしない者もいるのだ。

島津軍が今帰仁《なきじん》の運天港《うんてんこう》に到った時、その動きはさらに活発となった。島の各地で立ち上がる者が続出し、それらが纏《まと》まって一軍となり、島津軍への抗戦を始めたのである。

――琉球を守りたいと望む者は我が元に参じよ。

利山もまた声明を発して、兵を集めて戦いを始めた。

「謝名様」

「おお、盛増《せいぞう》殿か」

あの盛久の子である。盛久は病《やまい》が重く起き上がることも儘《まま》ならない。代わりに子の盛増を、

――利山のもとへ。

と、送り出したのだという。

「共に」

「頼みます」

利山は唇《くちびる》を結んで頷いた。

首里城の近くで、利山ら抵抗軍と、島津軍が激突した。日ノ本に数ある大名の中でも、島津家は滅法《めっぽう》強く、その勇猛さは朝鮮出兵を経て明《みん》国にまで知られている。その島津軍を相手取り、抵抗軍は一歩も退《ひ》かずに奮戦した。

だが寡兵《かへい》であることに加え、島津家が大量に保有する鉄砲を撃ちかけてきたことで、抵抗軍は総崩れに陥《おちい》った。

「謝名様、ここはお任せを！」

盛増は殿《しんがり》を買って出て、僅《わず》かな兵と共に島津軍へ突貫《とっかん》した。雨あられと降り注ぐ銃弾を全身に受け、盛増が絶命した頃、兵の大半は首里城に逃げ込むことが出来た。その中に利山はいない。まだ戦うことを諦めぬ者たちと共に、山中へと逃げ込んだのである。

島津軍は和議交渉に入り、琉球を属国とする証文を記すように命じた。尚寧王は吝《やぶさ》かではないと承服《しょうふく》したものの、証文を書くことは出来なかった。琉球王国において、このような大事なことは、王の他、三司官全員の署名が必要であったからである。

島津は利山の任を解くことも提案したが、それにまつわる手続きも、三司官の全員が揃《そろ》うことが必要である。無理強《むりじ》いすることも出来たが、大陸の介入を恐れた島津軍は、あくまで「正式」な手続きに拘《こだわ》り、利山の捕縛《ほばく》を試みることを決めた。

四

利山は山を転々としつつ、島津軍に抵抗を続けた。その期間、実に二年である。その間、何度も利山に説得の使者が訪れた。

——貿易の続行を認めるならばすぐにでも降る。

利山はそう主張し続けた。そもそも島津家は、貿易の旨味《うまみ》に目を付けて琉球を支配しようとしている。島津家としても簡単に呑む訳にはいかぬ条件である。

だがあまりにも利山が抵抗を続けたことで、条件付きではあるが、島津家がこちらの主張の一部を呑む旨《むね》を伝えてきた。これ以上長引かせ、今度は幕府に介入され、利権を奪われることを危惧《きぐ》したのだろう。

——ここらが潮時か。

引き際が肝心《かんじん》。これもまたかつて盛久が教えてくれたことである。

この二年、共に戦ってくれた兵たちの命を救うという約束も取り付けねばならぬ。利山は兵たちを残し、一人山を下りて島津軍との交渉に向かった。

首里城にて、交わす予定の証文をみた利山は色を失った。島津家が、呑むといった条件を反《ほ》故《ご》にしていたのである。

「これでは署名は出来かねる」

利山は突っぱねた。すると島津家の将が進み出て、

「ならばお前は三司官の任を解かれる」

と、告げた。三司官の任免《にんめん》には、当人の同座が必要となる。島津家としては当初から、こちらが本命で、利山を騙《だま》したのだろう。

山には己の他、将を務められる者がいないのも島津家は調べ上げている。己が殺されたと知れば、逃げ散るか、降伏するか、あるいは戦ったとしてもたいしたことはないと思っているの

だ。その読みはあながち間違ってもいない。

「口惜《くちお》しかろう」

島津の将がにやりと笑う中、利山は細く息を吐《は》いて項垂《うなだ》れた。

翌日、利山の処刑が決まり、その日のうちに刑場に引っ立てられた。かつての同輩、部下である琉球の官吏、島津家の諸将が見守る中、これから己は命を奪われる。

六十三年。縄で縛られた乾いた両手を見つつ、節々が痛む老いた自らの躰に向け、

――あと一働き頼む。

と、呼び掛けた。

「このまま儂が死ねば、兵はまだ戦いを止めぬぞ」

利山は言った。遂《つい》に命乞いをするのかと思ったのだろう。島津の将は嘲笑《ちょうしょう》の色を浮かべる。

「お主《ぬし》がおらねば、烏合《うごう》の衆よ」

「このようなこともあろうかと、代わりの将が山に入る段取りになっている」

「戯言《ざれごと》を……」

「確かめずともよいのか?」

利山があまりに堂々としているので、不安が過《よぎ》ったのだろう。将は顎《あご》を振って、配下を確かめに走らせる。

刑がなかなか執行されないため、見守る衆たちも何事かとざわつき始める。暫《しば》し経った後、武士が一人駆け戻って来て、将の耳元で何かを報じた。将は舌打ちをすると、利山に顔を近づ

け、

「誰だ」

と、低く尋ねた。確かにそのような形跡が見られたのだという。ただ、琉球の官吏は己の他は、すでに全て降っているはずで、思い当たる人物がいないのだろう。

「城間盛久という人だ」

「貴様が讒言で陥れたという前の三司官……確か病であるはずでは……」

「騙されたな」

利山は不敵に笑った。

城間盛久を己が陥れたところから、全ては二人で話した計画であった。当時、日ノ本は琉球を属国にすべく使者を頻繁《ひんぱん》に送り始めていた。琉球王国がこれに抗《あらが》うことは無駄という気運が高まる中、盛久はただ一人、

――それでは琉球は消滅する。

と、主張を続けたのだ。確かにいずれは敗れるだろう。だが外交で条件を引き出すため、琉球の意志を示し、戦う必要がある。そうでなければ完全に日ノ本に併呑《へいどん》され、琉球の歴史、文化、気風、全てが失われてしまうと熱弁を振るった。

しかしその考えは受け入れられず、次第に盛久の立場は悪くなり、失脚の恐れも出てきた。

そのような頃、盛久はあの三坪の浜に利山を呼び出した。

――儂は少し逸《はや》り過ぎたようだ。真《まこと》の危機が来れば、きっと穏やかな琉球の民も立ち上が

る。

盛久はそう語った後、

――お前が儂を追い落としてくれ。

と、頼んだのである。

そうすれば序列、その功績から利山が三司官になれるとも。

事実、その通りになった。利山は盛久の意志を受け継いだことを周囲に悟られぬよう、じっと日々を過ごした。かつての政の師であり、朋友《ほうゆう》を貶《おとし》めたという汚名を背負いながら。

そして此度《こたび》、利山が山を下りて交渉をする段になり、その「意志」を盛久に返したのである。島津軍の奸計《かんけい》とも考えられる、代わりに山に入って欲しいと。盛久は己と入れ違いに、すでに山に入っている。

「そこまで……」

島津の将は絶句する。

「小国が生き抜くには外交。外交には切り札が肝要。その札を切る時、さらに切り札を用意するものだ」

利山は頬を緩めた。かつて盛久が己に教えたことである。

「当初の交渉通りの証文があれば、矛《ほこ》を収めることになっている。さて、如何《いか》に」

島津家で緊急の話し合いがもたれた。四半刻《しはんとき》（約三十分）ほど後、

「解った。すぐに証文を用意する」

との返答があった。実際、これでもまだ安堵《あんど》出来ない。証文を再び破棄《はき》し、兵を討伐《とうばつ》することも考えられる。だが島津家もこれ以上長引かせる訳にはいかぬと、かなり焦っているため、恐らくはもうここで妥協するだろう。仮にそうでなくとも、己の役目はここで終わり。後は盛久に任せればよい。

　書き直した証文を確かめると、利山は見守る琉球の官吏たちを見渡し、ふっと口元を綻《ほころ》ばせた。

「この度の琉球の騒乱の根本は、全て己に責あり！」

　利山が高らかに叫び、島津家の将兵に躍《おど》り掛かった。頭突《ずつ》きで一人を沈め、蹴りで二人目の鳩尾《みぞおち》を蹴り飛ばす。刀を抜いた武士に当て身を食らわせ、刃に縄を擦《こす》りつけて断ち切った。

　利山は幼い頃から何事も器用にこなした。学問ばかりに注目されがちであるが、琉球特有の体術、

　――手《てい》。

においても、十五、六になった頃には、誰にも後《おく》れを取っていなかった。

　何が起こったのかと唖然《あぜん》とする島津の将兵に向け、利山は両手をひらひらと宙に舞わせながら、さらに大音声《だいおんじょう》で叫んだ。

「王を騙し、誑《たぶら》かし、乱を引き起こした。この佞臣《ねいしん》、討てるものならば、討ってみよ！」

　島津の武士が一斉に向かって来る。手で鼻柱を折り、肘《ひじ》で喉《のど》を衝《つ》き、足払いで崩し、掌底《しょうてい》で顎を砕《くだ》く。その数は瞬《またた》く間に十を超えるが、利山の躰にも無数の傷が出来ていた。

後の外交を有利に進めるため、己がまだ出来ること。それは罪を少しでも多く一人で背負うことだと考えたのだ。

怨嗟《えんさ》の声が降りかかる。島津家の将兵からだけでなく、それは事情を知らぬ琉球の官吏からも。

己は佞臣で良い。それで琉球の民を守れるならば。

今、なおも抗い続ける利山が見ているのは、憎悪と憤怒《ふんど》の旋風ではない。両側をアカバナーの花に挟まれた一本の小道、僅か三坪の浜、広がる雄大な海と空を見つめながら、利山はそっと琉球の風に別れを告げた。

今度《こたび》琉国の乱劇の根本《こんぽん》を尋るに、若那《じゃな》（謝名利山）一人の所為《しわざ》なり。その上佞臣なり……（『喜安《きあん》日記』）

徳島県

蜂須賀家政

古狸と孫

一

浅田亀之丞《かめのじょう》は大きな溜息《ためいき》を漏らした。気鬱《きうつ》である。また、心苦しい報告をせねばならないのだ。

己《おのれ》が仕えている家は、阿波《あわ》二十五万七千石の蜂須賀《はちすか》家と謂《い》う。

元々、蜂須賀家は尾張《おわり》国海東《かいとう》郡蜂須賀郷の国衆《くにしゅう》であったが、織田信長が領土を拡大するに伴って、それに従った。その時の当主の名を正勝《まさかつ》と謂い、世間では「蜂須賀小六《ころく》」の呼称のほうが知られている。

正勝は木下藤吉郎《とうきちろう》秀吉の寄騎《よりき》となった。後の太閤《たいこう》豊臣秀吉である。正勝は戦《いくさ》、外交に大いに活躍し、早くからの縁ということもあり、織田家が瓦解《がかい》して秀吉が天下を獲《と》ると、阿波一国を任せられる大名となったのである。

その子、家政《いえまさ》が今から己が報告に向かう相手である。家政は永禄《えいろく》元年（一五五八）の生まれ。織田信長が今川義元《よしもと》を討った桶狭間《おけはざま》の戦いの時には齢《よわい》三。本能寺《ほんのうじ》で明智光秀によって信長が横死《おうし》した時は齢二十五であるから、世間知らずの二代目という訳ではなく、自身も父正勝と共に、戦国という世を駆け抜けて来た人である。

家政は、子の至鎮《よししげ》に家督《かとく》を譲って隠居した。だが至鎮は元和《げんな》六年（一六二〇）に、家政よりも早く病没してしまった。

後を継いだのは至鎮の子の忠英《ただてる》。まだ僅《わず》か十歳の幼年であったことから、祖父である家政が後見をすることになった。

それから七年の歳月が流れたが、今、蜂須賀家はある重大な問題に直面している。この忠英の日頃の振る舞いが、

――よろしくない。

のである。

家臣が何か失態をすれば烈火の如く怒り、それでも収まらぬ時には打擲《ちょうちゃく》する。公事《くじ》を放り出して鷹狩りに出てしまうことなど日常茶飯事《さはんじ》である。

もっとも忠英は頭の回転も速く、けして馬鹿殿という訳ではない。

蜂須賀家は淡路も領しており、洲本《すもと》に城代《じょうだい》を置くのだが、本国と離れているということもあって、時に暴走することがある。忠英は洲本近くに直轄地《ちょっかつち》を作り、そこに代官を置くことで互いを見張らせるべきだとした。

あるいは、亡き至鎮が出した「壁書《かべがき》二十三箇条」と謂う御触れには穴があるとして、補完する条文を考えている。まだ完成を見ていないが、忠英が指摘することは一々的確で、皆がなるほどと舌を巻くことばかりである。

だが折角《せっかく》の尊敬の念も、日々の振る舞いで帳消しになってしまっている。これを危惧《きぐ》した隠居の家政は、

――忠英のことは逐一報《ちくいちしら》せるように。

と、隠居付きの己に命じているのだ。

蜂須賀家では隠居家政、当主忠英が共に朝餉《あさげ》を取ることになっている。限られた時の中で、日々の些細《ささい》なことを相談したり、政務について教える意味もある。だが今日は、時刻となっても忠英が姿を見せなかったのだ。家政は暫《しば》し待った後、

「様子を見て来てくれ」

汁を啜《すす》りながら、亀之丞に言った。故《ゆえ》に何があったのかを確かめ、こうして報告に戻っているのだ。

――何と言えばよい。

苦々しさを伝えるため重く言えばよいか。いや、敢《あ》えて淡々《たんたん》と平時と変わらぬほうがよいかもしれぬ。はたまた先に怒気《どき》を込めることで、家政の怒りも些《いささ》かなりとも和《やわ》らぐか。

なかなか答えが纏《まと》まらぬが、心配している家政のことを思えば早く戻らねばならず、朝餉の間の襖《ふすま》を開けた。

「どうだった？」

「寝坊です」

儘《まま》よと、亀之丞が端的に言うと、家政は頬《ほお》の深い皺《しわ》をなぞりながら苦々しく言った。

「はよう連れてこい」

「はっ。間もなく」

暫《しばら》くして忠英が姿を見せた。流石《さすが》にばつが悪そうで、躰《からだ》を低く、口元を歪《ゆが》めて膳の前へと進

む。

「申し訳ございません……」

当主とはいえ、忠英も家政には頭が上がらない。それに忠英は、多少口煩《くちうるさ》いこの祖父を嫌っている訳ではない。乱世を駆け抜けた家政のことを心から尊敬しており、戦話《いくさばなし》を聞くのを特に好んで、幼い頃からよくせがんだ。

そして家政もまた、忠英のことを可愛《かわい》がっている。

忠英は家政の父、正勝に気風がそっくりらしい。若い頃に気性《きしょう》が荒かったのも、粗忽《そこつ》なところがあったのも同じ。

だが正勝は長じるにつれ、それを克服して一角《ひとかど》の武将となった。それは多くの先達《せんだつ》の指導があったから。故に家政は忠英に苦言を零《こぼ》すのだ。

――最悪の一日だ。

部屋の片隅に侍《じ》す亀之丞は、内心で溜息を吐《つ》いた。箸《はし》と椀が触れる音だけが部屋に響く。

「阿波守殿」

「はっ……」

家政は忠英を官職で呼んだ。

忠英は十三歳で阿波守に叙任《じょにん》されている。が、日々は未《いま》だに幼名である千松丸《せんまつまる》と呼んでいる。このように畏《かしこ》まって呼ぶ時、続いて叱責《しっせき》が飛ぶことを忠英も知っており、肩がびくんとなる。

「こんな歌を知っているか？　ものの名も処《ところ》によりて変わりけり　そちの朝飯こちの夕飯……」

「いえ、誰が詠《よ》んだものでしょうか」

「儂《わし》が今詠んだ」

「う」

忠英は咽《むせ》そうになるのを堪《こら》えた。食材も所や時代によって呼び名が変わるということに掛け、寝坊したせいでお前にとっての朝餉は、己の夕餉《ゆうげ》になってしまったという皮肉である。

「気をつけよ」

「はっ」

忠英が頭を下げると、家政は箸を置いて部屋を後にした。

嫌味な隠居だと取る者もいるかもしれないが、亀之丞はそう思わない。家政が、忠英と取る朝餉を何より楽しみにしていることを、亀之丞はよく知っているからである。そして、何とか忠英に一本立ちして欲しいと願っていることも、痛いほど解《わか》った。

それから数日後の朝餉の時である。叱責《しっせき》されたばかりとあって、流石に忠英もこの間に寝坊はしていない。

「近頃、犬を飼った」

「はあ……」

唐突《とうとつ》に家政が言ったので、忠英は首を捻《ひね》った。

「見るか」

「今ですか？」

「そうだ」

家政が目配せをすると、亀之丞は件《くだん》の犬を部屋にいれた。犬は家政の顔を見るや否《いな》や、か細い声を上げて怯《おび》え、挙句《あげく》の果てには駆け出して逃げてしまった。

「あまり懐《なつ》いていないようですな」

苦笑する忠英を一瞥《いちべつ》し、今度は事前に用意していた粟《あわ》を渡すように、家政は亀之丞に命じた。家政は受け取った粟を庭に撒《ま》く。すると何処《どこ》からともなく多くの雀が集まり、啄《ついば》み始めた。

「お主《ぬし》の言う通り懐いてはおらぬ。儂はこれまで何度もあの犬を激しく叱責した。故に儂を見て逃げたのじゃ」

家政はゆっくりと振り返って続ける。

「それに対し、雀には日々このように餌《えさ》を撒いて可愛がっておる。故にすぐに集まり逃げはしない」

忠英は家臣に居丈高《いたけだか》に接するとも聞いている。それを戒《いまし》めるためにこのような、些か回りくどい諭《さと》し方をした。

「肝《きも》に銘《めい》じます」

忠英も察したようで、苦悶《くもん》の表情になって俯《うつむ》く。

「何のことやら」

家政は惚《とぼ》けたように言うと、再び膳に戻って箸を取った。

このようなことはこれまで何度もした。徐々にではあるが、忠英にも改善の兆《きざ》しは見えるものの、やはり根本的には直らない。

「お主はどう思う」

意見を求められ、亀之丞は戸惑いつつ答えた。

「恐れながら、些か回りくどいのかもしれません」

別に、家政がこれまで叱責してこなかった訳ではない。だがある時を境に、このような遠回しに伝える手法に切り替えるようになった。

「あやつは、直言すればすぐに顔に出す。それでは互いに面目《めんもく》が立つまい」

家政はそう亀之丞に言った。

そこも、亡き父正勝にそっくりなのだとか。忠英が怒りを顔に出してしまえば、家政としてはさらに叱責せねばならない。それに反論でもしようものならば喧嘩《けんか》である。

当人たちは祖父と孫であるため、時を置けばけろりと忘れて付き合える。

だが家臣たちはそうは行くまい。互いに派閥を作って反目する事態にも発展しかねないと、家政は語った。

「故に、古狸《ふるだぬき》が知恵を絞《しぼ》っているのだがな」

家政は自嘲《じちょう》気味に苦笑したが、亀之丞は笑えなかった。手の込んだ策謀を巡らせる家政を

指して、奥州《おうしゅう》の伊達《だて》政宗《まさむね》は、

——あの古狸。

と、揶揄《からか》ったことがあるのだ。

「殿は自らが劣っていると思っておられます……」

そのようなことを忠英が近臣に愚痴《ぐち》っていると、亀之丞は耳にしたのだ。

亡き太閤を支えて天下取りに邁進《まいしん》した曾祖父《そうそふ》正勝、同じく各地を転戦し朝鮮でも手柄を上げた祖父家政、関ケ原の戦いや大坂の陣でも奮闘した父の至鎮。

それに対して忠英は、泰平《たいへい》の世に生まれたことで、そのような活躍は望むべくもない。その屈折した劣等感が、あのような激情を生み出すのではないか。亀之丞はふとそう思っていたのだ。

「なるほど。そこか」

家政は掌《てのひら》に拳《こぶし》を打ち付けた。

「と、申しますと？」

「一計を講じるぞ」

殺されても口には出来ないが、家政の不敵な笑みは、まさしく古狸を彷彿《ほうふつ》とさせた。

二

冬が近づいた頃、家政は家臣を一人ずつ居室に呼ぶと、

「これをやる」

と、足袋《たび》を与えた。

「は……」

家臣たちは一様に怪訝《けげん》そうな顔になる。それもそのはず、家政が与えたのは片方の足袋だけだったのだ。ある者には右、またある者には左。家臣たちの中で様々な憶測《おくそく》が広がった。

対《つい》になる者を探せという意味ではないか。だが、どうも右のほうが多いらしいぞ。いや、左を与えられた者は左遷されるのではないか。畏《おそ》れ多いことだが、ご隠居様は惚《ほう》けられたのではないかという酷《ひど》い意見も飛び交っているという。

「ふふふ。よい塩梅《あんばい》じゃ」

亀之丞がそれを伝えると、家政は愉快げに笑う。

「これにはどんな意味が……」

「もう少し時を置いて、先日与えた足袋を出せという。片方だけの足袋などいらぬと、捨てた者は粗忽者《そこつもの》よ」

「しかし、それならばそれぞれに口止めしたほうがよろしかったのでは？」

足袋を与えて捨てるかどうかを見る試験だというが、ここまで家中で憶測を呼んでいては、恐ろしくて捨てられる者などいまい。試験として成り立たぬと思ったのだ。

「よいよい」

家政は鷹揚《おうよう》に答えるのみであった。

それから数日後、家政は再び家臣たちを一人ずつ呼んだ。そして、

「過日やった足袋は持っているか？　見せてみよ」

と、言った。皆がすぐに足袋を持ってくる。中にはすでに懐に入れて参上した者すらいた。

「やはりこうなりましたな」

全ての者と会い終えると、亀之丞は苦々しく言った。やはり試験としての体《てい》をなしていないのである。

「皆の顔を見たか。誰も臆《おく》していなかっただろう」

「確かに」

家政に言われて気付いた。確かに足袋こそ残していたものの、それに如何《いか》なる意味があるのか、家臣は解っていなかった。呼ばれれば、今少し不安げに現れるのが普通である。

「千松丸を呼べ。儂が怒っている……と、付け加えよ」

家政が怒っていないのは、緩《ゆる》む口元を見れば明らかであった。暫くすると忠英が姿を見せた。その表情はやや強張《こわば》っている。

「何の話か解るか」

「いえ……」

「足袋一つという訳の解らぬものでも、大切にとっておくかをみる試験だということ。それを家臣たちに話したであろう」

「はっ」

聞けば家臣たちは不安や恐れに駆られ、藁《わら》にも縋《すが》る思いで忠英のもとへ行き、

――これには如何なる意味があるのでしょう。

と、悲痛に尋ねたらしい。それに対して忠英はすぐにこれが試験だということを見抜き、家臣たちに説明して安堵《あんど》させたという。

「試験にならぬではないか」

「申し訳ございません」

「だがお主がこうも容易《たやす》く見抜くとは。甘くみておったわ」

家政が苦く言うと、忠英の顔が明るくなるのを亀之丞は見逃さなかった。

――そういうことか。

家政は忠英が真意を見抜き、家臣たちを安堵させるところまで思い描いていた。家臣たちは忠英を頼りに思うし、忠英も頼られて悪い気はしない。加えて忠英に、

――祖父を負かした。

という自信を与え、劣等感を払拭《ふっしょく》することにも繋《つな》がる。一石二鳥どころか、三鳥である。

「また別の試験をするしかあるまいの……」

「次は口を出しませぬ」

「次はお主に見抜けるようなものではないわ。見抜けるならば見抜いてみよ」

「仰《おつしや》いましたな。では、負けませぬぞ」

「望むところじゃ」

両者の表情が生き生きしている。この半ば滑稽《こつけい》とも取れるやり取りを見ていると、この二人のほうが余程似ているのではないかと思え、亀之丞はふっと息を漏らした。

三

古狸と若狸の化かし合いは、長きに亘《わた》って続いた。それが続くたびに家臣は忠英への信頼を強めた。忠英は顔付きにまで自信が滲《にじ》み出るようになった。

寛永《かんえい》十五年（一六三八）、十月のことである。亀之丞は五十石から百石に加増《かぞう》を受けた。

――色々、世話を掛けた。

からという理由である。だがそれから僅か四日後、さらに五十石の加増を受けて百五十石となるという。亀之丞は慌てて参上した。

「まだ加増されたばかりで、お礼の言上《ごんじょう》もしておりませぬ。それなのにさらなる加増。何かの間違いではございませんか？」

家政はゆっくりと首を横に振る。

「実は最初は百五十石与えるつもりだった。だが諸事鑑《かんが》みて一度、百石だけ与えたのだ。ただ昨日、人間一寸先は闇だとふと思った。故に、今のうちに残り五十石を与えようと思い直したのよ」

「左様で。ありがたき幸せ」

素直に受けたものの、亀之丞の脳裏には嫌な予感が過《よぎ》っていた。そしてその予感は的中することになる。それから僅か三日後、家政が病《やまい》に倒れたのである。

すでに齢八十一と高齢のため、皆が口に出さずとも危ういと感じていた。

それから十日後、江戸に参府《さんぷ》していた忠英が、幕府の許しを得て阿波へ戻った。忠英は家政が倒れたと聞くやいなや、

——すぐに支度《したく》をせよ！

と、家臣に命じたという。

「殿が見舞いに駆け付けて下さいました」

亀之丞が言うと、床《とこ》に就《つ》いた家政は微《かす》かに首を横に振り、か細い声で言った。

「追い返せ……」

「何故《なにゆえ》」

「参勤は公事であって私的なことではない……一度国を出れば、生死は解らぬ。武士の出門《しゅつもん》は常に決別よ……早く江戸へ戻り公事を怠《おこた》るなと」

「殿は得心《とくしん》なされませぬ……」

亀之丞はもう涙を隠さなかった。家政は乾いた唇を緩めて言った。

「こう言えば帰る……倒れたというのは嘘……まんまと掛かったな。此度《こたび》はこの古狸の勝ちじゃ……と」

亀之丞は腕で涙を拭《ふ》いて頷き、忠英の元へ向かった。

そのまま伝えると、一瞬茫然とした忠英は、所かまわず号泣した。しかし暫くして、

「あの古狸が死ぬはずはないわ！」

と、快活な笑いを残して江戸へと戻っていった。

蜂須賀家政が世を去ったのは、それから一月後の十二月三十日のことである。何度も息が止まっては吹き返したので、皆がそのたびに一喜一憂《いっきいちゆう》した。その慌てふためく姿を楽しむかのように、阿波の古狸の死に顔は穏やかな笑みを浮かべていた。


家政、時あり家臣を呼びて曰《いわ》く、寒気甚《はなは》だし、足寒かるべし、吾嘗《われかつ》て穿《うが》つ所の舊《ふる》足袋を與《あた》へんと思ひ、之《これ》を求むるに、其半《そのはん》を失へり、今先《いまま》づ其半を與ふ、是吾志を示す所なりと、月を経て又之を呼び、先日見えざる所の足袋の半、今求めて之を得たり、故に之を與へんとす、前日與ふる所の足袋を持来《もちきた》れと言ふ……（『名将言行録』）

福岡県

立花宗茂

立花の家風

一

江戸の高田《たかだ》、宝祥寺《ほうしょうじ》の一隅に建っている家。とても屋敷と呼べるような代物《しろもの》ではなく、どちらかというと茅舎《ぼうしゃ》に近い。その家の一室で立花宗茂《むねしげ》は書を読んでいた。

だが宗茂はなかなか書物に集中出来ないでいる。時折、ちらりと縁側の先に広がる空を見上げる。時を追うごとに灰色の雲が増えている。今にも泣きそうな曇天《どんてん》である。

「まずいな」

独り言である。今は皆出払っており、家には己《おのれ》以外、誰もいない。

宗茂はゆっくりと視線を下ろした。小さな庭には筵《むしろ》が広げられており、万遍《まんべん》なく丁寧《ていねい》に米が並べられている。一度炊《た》いた米を天日《てんぴ》に晒《さら》し、干飯《ほしいい》を作っている最中なのだ。

「いよいよ降るぞ……」

また声が零《こぼ》れた。灰色を通り越して黒に近い雲に稲光《いなびかり》が走った。雨が降るまでもう猶予《ゆうよ》はない。そうなれば折角《せっかく》作っている干飯が全て駄目《だめ》になってしまう。決して暮らしにゆとりがある訳ではなく、正直なところ、この量の干飯が無駄になるのは痛い。

ならば、今のうちに家の中に取り込めば良い。誰しもがそう考えるだろう。だが未《いま》だ宗茂は腰を浮かさない。何も面倒とかいう訳ではない。己がそれをしてよいものかという葛藤《かっとう》があるのだ。

宗茂は永禄《えいろく》十年（一五六七）、豊後《ぶんご》国で大友氏の重臣である吉弘鎮理《よしひろしげまさ》の長男として生まれた。後に父は名を高橋紹運《じょううん》と改め、こちらのほうが世に響いているだろう。

父は大友家の中でも一、二を争う猛将で、その薫陶《くんとう》を受けて育った宗茂も、若くして戦《いくさ》に出て多くの功を挙げた。同じく大友家の重臣で、父と双璧《そうへき》を成す立花道雪《どうせつ》が、自身に子がいなかったことで宗茂に目を付け、

――是非とも婿《むこ》養子に貰《もら》いたい。

と、父に申し出た。嫡男《ちゃくなん》であったことから一度は断った。だが道雪が宗茂の才を見抜き、惚《ほ》れこみ、熱心に口説《くど》いたこともあり、父も立花殿がそこまで仰《おお》せならばと承諾したのである。

こうして宗茂は立花家に入り、道雪の下《もと》でさらに自身を研鑽《けんさん》した。道雪は再三頭を下げて迎えた養子だからといって、甘く接するような人ではなかった。むしろかなり厳しく育てられた。

例えばある日、道雪は、家臣の由布惟信《ゆふこれのぶ》と共に、

――毬栗《いがぐり》を拾って来るように。

と、命じた。

その場所には多くの毬栗が落ちており、足の踏み場もないほどであった。

宗茂は避《よ》けながら進んだが、遂《つい》に草鞋《わらじ》を貫《つらぬ》いて毬が足に刺さってしまった。しかし宗茂は痛みを堪《こら》えて声を発しなかった。少しのことで動じるなど、名将の器でないと道雪から教えられていたからである。

毬が刺さったことに気付いた由布は、

「若、足をお見せ下され」

と、足元に屈《かが》んだ。毬を抜いてくれるのだろうと宗茂は思ったが、何と由布は反対に、毬栗を足に押し付けたのである。痛みは脳天にまで届き、思わず呻《うめ》いたものの、歯を食い縛《しば》って何とか堪えた。

「お見事」

と、由布は短く言い、ようやく毬栗を取った。

由布は、道雪にこのようにするよう言い含められていたのだろう。

――ここまでする必要があるか。

恐らくは安堵《あんど》した時こそ、油断はするなということを教えたかったのだろう。だが正直なところ流石《さすが》の宗茂も、これには憤《いきどお》りを持ったのを覚えている。今思えば、他家の嫡男を貰い受けたのだから、必ずや名将にしなければならないという想いがあったのだろう。

ともかく立花家というのは何かにつけてこのような家風で、宗茂は過酷な修業の中で大人になっていった。

やがて大友家は、九州制覇《せいは》を目論《もくろ》む島津《しまづ》家に押され、徐々に追い込まれていった。天正《てんしょう》十三年(一五八五)に義父の道雪が他界すると、支柱の一本を失った大友家は、さらに劣勢を強《し》いられることとなる。それでも宗茂は実父の高橋紹運と共に、落魄《らくはく》の大友家を支えて奮戦した。

その頃、中央では豊臣秀吉が勢力を伸ばしており、大友家の後ろ盾《だて》となり、島津家の征伐《せいばつ》を決めた。豊臣軍の来着まで、懸命に宗茂らは耐え忍んだのである。

自城を島津の大軍に取り囲まれた紹運は、諦《あきら》めずに戦うように宗茂に言い残し、最後の一兵になるまで戦って玉砕《ぎょくさい》した。豊臣軍が来着したのはその少し後のことである。

大友家を見限る者も多い中、宗茂は最後まで戦い抜いた。しかも豊臣軍が来てからは、真っ先に反撃に転じ、島津軍に大打撃を与えた。この宗茂の忠義と活躍に対して秀吉は、

――西国《さいごく》無双《むそう》の男。

と、激賞したのである。

秀吉は立花家を厚遇《こうぐう》し、主家の大友家から独立した一個の大名に取り立てた。故《ゆえ》に宗茂は豊臣家に対し、深い恩を抱《いだ》いている。

その恩に報《むく》いる時がやって来たのは、慶長《けいちょう》五年（一六〇〇）のこと。豊臣家の天下簒奪《さんだつ》を目論《もくろ》む徳川家康の打倒を掲《かか》げ、奉行衆の石田三成《みつなり》が挙兵したのだ。

三成の西軍に味方した宗茂はここでも大いに活躍し、東軍の要《かなめ》の一つである大津城陥落《かんらく》に寄《き》与《よ》した。しかし大津城を落としたその日、美濃《みの》関ケ原にて主力どうしが激突。徳川家康が率いる東軍の勝利に終わったのだ。

「まだやれる」

美濃に向かって進軍していた宗茂であったが、すぐに大坂城へと引き返した。大坂城には大将毛利《もうり》輝元《てるもと》率いる無傷の四万の兵がいる。そこに西軍の敗残兵が加わり、天下随一の堅城《けんじょう》に籠《こ》もれば、一年でも二年でも耐えてみせる自信があった。

宗茂は強く戦の続行を主張したものの、結局、その意見が容《い》れられることはなかった。毛利輝元は大坂城から退《しりぞ》くことで、家康に対して恭順《きょうじゅん》の意を示したのである。

宗茂はここでもまだ諦めなかった。自領の柳川《やながわ》に戻ると、東軍に味方した九州の諸大名と激戦を繰り広げた。八面六臂《はちめんろっぴ》の働きをしたものの、やがて止めどなく現れる大軍の前に、遂《つい》に屈することとなった。

敵であった大名たちが、宗茂の堂々とした振る舞いを惜しみ、家康に取りなしてくれたこともあり、一命は取り留めた。だが立花家は改易《かいえき》に処され、柳川の城を退去することとなった。高禄で召し抱えたいという大名も続出したが、宗茂は一つ一つ丁重《ていちょう》に断わった。関ケ原の戦いで豊臣家に対しては恩を返した。ここからは立花家の再興に生涯を懸けるつもりだったからである。

宗茂はお家再興のため江戸に出た。家康のお膝元《ひざもと》にいたほうが、こちらの姿勢も伝わりやすいだろうし、周旋《しゅうせん》を頼める者も多いからである。こうして縁を辿《たど》り、高田の宝祥寺の隅に住まうことになったのである。

二

「まだ帰って来ぬか」

宗茂の独り言は続く。

改易に処された時、宗茂は家臣の一人一人に感状を与えてやり、大半は他家に仕えることになった。だが義父の代から仕える家臣の中には、

——何としても付き従いたい。

と、言って頑《がん》として譲らぬ者もいた。その数、十九人。世に立花四天王などと呼ばれる十時《ととき》連貞《つれさだ》、そして毬栗の一件の由布惟信などである。

宗茂らは槍、甲冑《かっちゅう》も全て売り払って金に換えた。同じく四天王の小野鎮幸《しげゆき》などは、他家に仕える者の纏《まと》め役として離れたが、少しずつ金銀を送ってくれている。だがやがてこの大所帯ならば金は尽きるし、小野らにこれ以上の迷惑も掛けられない。

十時は尺八《しゃくはち》が上手《うま》く、これを披露《ひろう》して得る銭《ぜに》が半分。あとは雇われの人足《にんそく》、托鉢僧《たくはつそう》、またある者は物乞いをしてでも銭を稼いでくれる。しかし宗茂は一切、銭を稼がない。いや、

——殿《との》のすべきことではありませぬ!!

と、稼がせてくれないのである。

これもまた立花家の家風なのだ。落ちぶれてもそれを皆は守ろうとしている。むしろ落ちぶれて何もないからこそ、これだけは失ってはならぬと心に誓っているのだろう。

昨日のことである。寺の檀家《だんか》が困窮《こんきゅう》する己たちを見かねて、炊いた飯を分けてくれた。ありがたく頂戴《ちょうだい》したものの、一度に食べられる量でもなく、また節約して少しずつ食したいと考え、干飯を作ることにしたというのが経緯であった。

朝、天日干しの作業をして、皆はそれぞれ銭を稼ぎに出掛けた。そして未だ帰ってきていな

いのだ。

「遂に来たか」

宗茂は眉間《みけん》を摘《つ》まんだ。

ぽつ、ぽつと、雨が降り始めた。雨粒は地に落ち、黒い紋様《もんよう》を浮かび上がらせている。何《なに》故《ゆえ》、宗茂は干飯を取り込まないのか。これをすれば、

――大将は雨を見て、兵を考え、民《たみ》を想うもの。干飯のことなどに気を取られるなど何事か!

などと、皆が激昂《げきこう》するのが目に見えているからだ。

当主たる者、このような些事《さじ》に心を奪われることなく、悠々《ゆうゆう》と読書に耽《ふけ》っていればよい。それこそが立花家の家風というものである。

干飯を取り込めば当主失格とはおかしなものだと、首を捻《ひね》るところもある。だが彼らにとっては、何よりそれが重要で、心の支えになっているのだから蔑《ないがし》ろには出来なかった。

「はあ……」

宗茂は深い溜息《ためいき》を零した。瞬《また》く間に沛然《はいぜん》たる驟雨《しゅうう》に変わったのである。天の底が抜けたかという雨に、干飯が濡れていく。

その直後のことである。十時、由布を先頭に、家臣たちが境内《けいだい》に駆け込んで来た。

「殿!」

「おお、帰ったか」

宗茂は書から目を外し、鷹揚《おうよう》に答えた。

「やったぞ！」

「万歳!!」

皆、顔を見合わせ、口々に声を上げる。

「皆はそれほど雨が嬉《うれ》しいのか？」

宗茂はひょいと首を捻って見せた。

「嬉しいのは……殿が……」

由布は雨に躰《からだ》を濡らしながら言葉を詰まらせた。

「申し訳ございません！」

十時が叫ぶように言った。

「どうした？」

努《つと》めて怪訝《けげん》そうに宗茂は尋ねた。

「拙者《せつしゃ》は……」

雨で判《わか》りにくいが、十時に至ってはもう涙を流している。雨が降って皆が干飯の心配をした時、

——聡《さと》い殿であるから、きっと干飯を家の中にしまってくれるだろう。

と、言ったらしい。そこに由布が、

——馬鹿な。大将は雨を見て、兵を考え、民を想うものじゃ。

すかさずそう反論したらしい。

「おお」

想像した文言と一言一句合っていたため、宗茂は思わず声が漏《も》れた。

「何か？」

由布が訝《いぶか》しそうに尋ねる。

「いや、何でもない。それでどうした」

宗茂が流すと、十時は話を続けた。十時を叱責《しっせき》した由布はさらに、

――殿は大明《だいみん》まで知られた日《ひ》の本《もと》一の大将。目前の干飯などという些事に心を奪われるようでは、殿の人品《じんぴん》、地に落ちたということ。もし、そうであれば、立花の家が再び天下に立つ日などない。

と、続けたらしい。もしそのようなことならば、己は腹を切るとまで言っており、他の家臣も賛同していたというではないか。

「危なかった」

宗茂はぼそりと呟《つぶや》いた。干飯を取り込んだせいで腹を切ったなど、笑い話にもならないではないか。

「何か？」

また由布が尋ねる。

「いいや。爺《じい》は歳を取っても耳が良いな」

宗茂は苦笑した。十時は拳《こぶし》を震わせながら口を開いた。

「やはり殿は干飯のことなど頭にはなかった。拙者は……何たる無礼なことを……かくなる上は腹を切って!!」

十時が諸肌《もろはだ》をあらわにしようとするので、宗茂は吃驚《びっくり》して止めた。

「止《や》めよ。その命、立花の家を取り戻すために使え」

「承知!!」

十時はごしごしと腕で顔を拭《ぬぐ》いながら答えた。宗茂は雨の中、ひょいと庭に降りると、干飯を鷲掴《わしづか》みにして口に入れた。

「殿!」

「戦場では泥に塗《まみ》れた米でも食わねばならぬ。これほどのことで狼狽《うろた》えるな」

「殿ぉ!!」

家臣一同、今日一番の歓喜に沸いた。皆、また万歳を繰り返す。雨の中、大の大人たちがである。その光景を見ながら、宗茂はふっと頬《ほお》を緩めた。

武骨《ぶこつ》な家である。堅苦《かたくる》しく思ったこともかつてはあった。だが、いつしか宗茂もこの立花の家風が嫌いではなくなっているし、一家くらい、このような家があっても良いではないかと思うようにもなっている。

彼らは立花家が再興するその日まで、決して諦めずに付き従ってくれるだろう。皆がいれば、その無謀とも思える夢さえ、叶《かな》うような気になって来るから不思議である。

宗茂は雨に濡れた干飯をごりごりと、奥歯で擂《す》り潰し、未だ万歳を続ける家臣たちを好ましく見渡した。

栗の刺《はり》を押し出《いだ》したり。宗茂は其痛《そのいたみ》踏《ふ》み立《たて》し時より甚《はなは》だしく、泣き出《い》だしたき程なるに、父は前に在《あ》り、家人《かじん》はあたりに居《お》れり、ウント歯嚙《はがみ》して油汗の流るるを耐え忍び……（『三百諸侯』）

本書は、月刊『歴史街道』二〇一九年九月号～二〇二二年三月号、二〇二二年五月号～二〇二三年一月号、二〇二三年三月号～二〇二三年九月号に掲載された「連作読切小説　戦国武将×四十七都道府県」を加筆・修正し、分冊したものです。

作品の中に、現在において差別的表現ととられかねない箇所がありますが、作品全体として差別を助長するものではないことと、また作品が舞台としている時代を鑑み、当時通常用いられていた表現にしています。

〈著者略歴〉

今村翔吾（いまむら　しょうご）

1984年、京都府生まれ。滋賀県在住。ダンスインストラクター、作曲家、守山市埋蔵文化財調査員を経て作家デビュー。2016年、第23回九州さが大衆文学賞大賞・笹沢左保賞、18年、『火喰鳥 羽州ぼろ鳶組』で第７回歴史時代作家クラブ賞・文庫書き下ろし新人賞、同年、「童神」で第10回角川春樹小説賞を受賞（刊行時『童の神』と改題）。20年、『八本目の槍』で第41回吉川英治文学新人賞、第８回野村胡堂文学賞、『じんかん』で第11回山田風太郎賞、21年、「羽州ぼろ鳶組」シリーズで第６回吉川英治文庫賞、22年、『塞王の楯』で第166回直木三十五賞を受賞。その他の著書に「くらまし屋稼業」「イクサガミ」シリーズ、『茜唄』『蹴れ、彦五郎』『幸村を討て』『教養としての歴史小説』など多数。

装丁――芦澤泰偉
装画――渡邊ちょんと

戦国武将伝　西日本編

2023年12月18日　第１版第１刷発行
2024年１月10日　第１版第２刷発行

著　者　今村翔吾
発行者　永田貴之
発行所　株式会社ＰＨＰ研究所

東京本部　〒135-8137　江東区豊洲5-6-52
文化事業部　☎03-3520-9620（編集）
普及部　☎03-3520-9630（販売）
京都本部　〒601-8411　京都市南区西九条北ノ内町11

PHP INTERFACE　https://www.php.co.jp/

制作協力
組　版　株式会社PHPエディターズ・グループ
印刷所
製本所　大日本印刷株式会社

ISBN978-4-569-85590-5